Streuwiesen

STREUWIESEN

EIN LESEBUCH

Joke Frerichs

Bibliographische Informationen der Bibliothek:
Die Deutsche Bibliothek verzeichnet diese Publikation in der
Deutschen Nationalbibliographie; detaillierte Informationen
sind im Internet über http://dnb.ddb.de
abrufbar.

© 2022 Joke Frerichs
Herstellung und Verlag: BoD - Books on Demand,
Norderstedt
ISBN 978-3756-8886-41

Streuwiesen sind
vom Menschen gestaltete
Kulturlandschaften

Vorbemerkung

Der folgende Text enthält Beiträge, die in
den letzten Jahren zumeist im *Blog der Republik* erschienen sind. Da diese schwer zugänglich sind, sind sie hier noch einmal
versammelt. Das thematische Spektrum
umfasst Beiträge zur Literatur, Philosophie
und Soziologie. Bei den literarischen Bei-
trägen handelt es sich meist um Bespre-
chungen *wieder gelesener* und oft schon *ver-
gessener Romane;* mithin keineswegs um die
vom Feuilleton bevorzugten aktuellen *Best-
seller.* Während diese oft einer gewissen
Marktlogik folgen, stellen die hier versam-
melten Texte eine höchst *subjektive Auswahl*
dar, deren gemeinsames Merkmal die *literarische Qualität* darstellt. Die Anordnung der
Beiträge erfolgt eher zufällig und stellt keineswegs ein Qualitätskriterium dar.

Peter Handke: Der Bildverlust

Peter Handke hat den Literatur-Nobelpreis für ein einflussreiches Werk, das mit sprachlicher Genialität die Peripherie und die Spezifizität der menschlichen Erfahrung untersucht, *erhalten, wie es in der Begründung der* Stockholmer Akademie *heißt. Weiter heißt es:* Die besondere Kunst von Peter Handke ist die außergewöhnliche Aufmerksamkeit zu Landschaften und der materiellen Präsenz der Welt.

Ein Beispiel für diese Art seines Schreibens ist der Roman *Der Bildverlust.* Während der Lektüre des Romans habe ich mich ständig gefragt, was der Autor mit dem Titel „Bildverlust" ausdrücken will. Erst gegen Ende des Romans lüftet er das Geheimnis. In einem Gespräch des Autors mit der Hauptdarstellerin des Romans wird der komplexe Sachverhalt, der mit *Bildverlust* umschrieben wird, sukzessive entfaltet.

In einem Roman, der voller Bilder ist, mutet der Begriff zunächst seltsam deplatziert an. Ständig werden wir mit Bildern konfrontiert. Will Handke uns die Welt noch einmal vorführen – die Welt, in der es noch Bilder gab? Hat er sich deshalb auf die lange Reise mit seiner Protagonistin begeben, in eine noch weithin unerschlossene, fast vergessene Gegend in der Mitte Spaniens, einer Wüsten- und Gebirgsgegend, die noch fast unberührt von den Versuchungen der modernen Zivilisation ist?

Und: was für eine Welt wird das sein, in der es keine Bilder mehr gibt? Oder präziser: In der es zwar weiterhin Bilder geben wird, die aber keine Aussagekraft mehr besitzen – keine Wirkung mehr haben.

Oder nein: sie könnten vielleicht weiterwirken. Aber ich bin nicht mehr fähig, sie aufzunehmen und einwirken zu lassen. – Was stattdessen auf mich einwirkt, das sind die gemachten und gelenkten, die von außen gelenkten und nach Belieben lenkbaren Bilder, und deren Wirkung ist eine konträre. – Diese Bilder haben jene Bilder, haben das Bild, haben die Quelle zerstört. Vor allem im noch nicht so lang vergangenen Jahrhundert wurde ein Raubbau an den Bildergründen und -schichten betrieben, welcher zuletzt mörderisch war. Der Naturschatz ist aufgebraucht, und man zappelt als Anhängsel an den gemachten, serienmäßig fabrizierten, künstlichen Bildern, welche die mit dem Bildverlust verlorenen Wirklichkeiten ersetzen, sie vortäu-

schen und den falschen Eindruck sogar noch steigern wie Drogen.

Dies ist eine der Schlüsselstellen des Romans. Ich interpretiere sie so, dass Handke den Verlust authentischer Erfahrungen, Wahrnehmungen, Gefühle beklagt. ‚Bilder' – wie er sie versteht, kommen von ‚innen'. Sind Resultat der Verarbeitung von Erlebtem, Gesehenem. Genau dieser Prozess, der aus der naiven Anschauung eine bewusste Wahrnehmung, ja Erfahrung macht, geht in der Moderne mit ihrer extremen Reizüberflutung verloren. Dies meint er wohl, wenn er vom *Bildverlust* spricht: Einen dramatischen, unwiederbringlichen Verlust an authentischer Welterfahrung.

Naturerfahrungen müssen an erster Stelle genannt werden. Erfahrungen von unberührter Natur. Aber wo gibt es diese noch? Die schönen Flecken der Erde sind längst von Touristik-Unternehmen belegt, die uns mit ihren Versprechungen von heiler Natur in die fernsten, noch unberührten Gegenden dieser Welt locken. Und dann die Werbung: sie ersetzt mehr und mehr die Wirklichkeit. Wir leiden ja nicht an fehlenden

Bildern, sondern an der Überflutung mit ihnen.

Warum stellt für Handke der Verlust von Bildern so etwas wie eine existentielle Bedrohung dar? Vielleicht deshalb, weil Bilder zu haben, Teilnahme am Leben bedeutet. Verbundenheit mit der Welt. Sie befördern die Einsicht, Teil eines größeren Ganzen zu sein.

Ja. Die Bilder, sowie sie sich einstellten, bedeuteten am-Leben-Sein (...) Jene Bilder schienen, in all der Vergänglichkeit (...) das Unverwesliche zu sein. Selbst wenn mir nur eines am Tag dazwischenkam, blitzkurz, sah ich es als Folge und Fortsetzung, und Teil eines Ganzen: die Bilder als die Weltbestandsschleppe, über die ganze Erde streifend und sie, die kleinsten Orte und Winkel, belebend.

Die Gewissheit der Bilder – ihre Wahrhaftigkeit, Authentizität – verheißen einem das Gefühl von Zusammengehörigkeit. Etwas, dass sonst nur der Glauben vermittelt – freilich nur der von ökumenischem Geist beseelte. Oder auch die Liebe – eine allumfassende, die ganze Menschheit einbeziehende, wie sie etwa in Beethovens Neunter aufscheint. Genau diese Überzeugung von Zusammengehörigkeit geht – allen Geschwätzes von Globalisierung zum Trotz – in einer Welt des Raubbaus an menschlichen und natürlichen Ressourcen verloren. Die Natur ist nur noch Mittel zum Zweck. Verfügungsmasse. Objekt der Ausbeutung und Nutzanwendung. Nicht mehr Gegenstand der Kontemplation, der Anschauung. Inspirationsquelle. Und insofern ist es nur konsequent, wenn Handke uns darauf hinweist, dass jeder Verlust an Natur*erfahrung* eben auch einen Bildverlust darstellt.

Was bleibt ist eine Welt der Künstlichkeit, der Schnell-Lebigkeit, der Oberflächlichkeit – alles Erscheinungen, die den Verlust an Bildern beschleunigt haben.

Im Bild erschienen Außen und Innen fusioniert zu etwas Drittem, etwas Größerem und Beständigem. Bilder stellten den Wert der Werte dar. Sie waren unser scheinbar sicherstes Kapital. Der letzte Schatz der Menschheit.
Durch Bilder ließen sich Außenwelt und Innenwelt verbinden und festhalten. In diesem Sinne bedeuteten sie Reichtum.

*Im Bild wurde ich täglich erlöst und geöffnet.
Im täglichen Bild wurde ich ein anderer. In den
Bildern erschien, was schön und recht war eben,
indem es schlicht erschien. Und sie waren auch
etwas anderes als die Erinnerungen.*

Anders als die immer schon interpretierte
Welterfahrung – etwa durch die Wissenschaft oder Religion – stellen Bilder das
Unmittelbare schlechthin dar. Das allerdings setzt einen Zugang zur Welt voraus,
der noch weithin unentfremdet ist. Weder
durch Ideologien verzerrt, noch von äuße-
rem Schein verdeckt. Nach dieser Art un-
verstellter Naturerfahrung scheint Handke
sich zurück zu sehnen. Und er weiß, wovon
er spricht, der passionierte Wanderer, der
immerzu den Kontakt mit seiner natürlichen Umwelt sucht.

Mit seiner Charakterisierung der Welt als
Bildverlust möchte er zumindest an die
Utopie einer Welt erinnern, die sich dem
Menschen noch als Geheimnis und zu Ent-
deckendes offenbart. Es ist eine Welt, die
noch nicht von *Seinsvergessenheit* und *Entfremdung* geprägt ist. Aber gibt es diesen
Weg zurück? Wohl eher nicht. Sonst hätte
er wohl auch diesen Roman nicht geschrie-

ben. Aber die *Erkenntnis des Bildverlustes* kann vielleicht dazu führen, dass ein Bewusstsein dieses Verlustes uns möglicherweise sensibler macht für das, was wir verloren haben. Man könnte auch sagen: Wenigstens das *unglückliche Bewusstsein* (Marcuse) dieses Verlustes sollte auf diese Weise erhalten bleiben – damit nicht alles dem Vergessen anheimfällt. Denn: *Der Verlust der Bilder ist der schmerzlichste der Verluste. – Es bedeutet den Weltverlust. Es bedeutet: es gibt keine Anschauung mehr. Es bedeutet: die Wahrnehmung gleitet ab von jeder möglichen Konstellation.*

Indem Handke das ‚unglückliche Bewusstsein' über den ‚Weltverlust' bewahrt, gibt er einer möglichen Quelle des Widerstands und der Empörung Raum. Solange noch der Schmerz über diesen Verlust bewusst wird, ist das verdinglichte Bewusstsein nicht total.

Wie es mich an mir selber empört, dass die Bilder, die mir einmal alles waren, so zunichte geworden sind. Die Bewegung eines Baumblatts genügte, und ich spielte mit in der weitesten Welt. Ein Stück blauen Morgenhimmels im blauen Nachthimmel. Ein beleuchteter Zug im

Dunkeln. Die Augen der Leute in der Menge, vor allem die Augen! Die Bartstoppeln des zum Tode Verurteilten. Der Schuhberg der Vergasten. Die Distelräder im Wind durch die Savanne rollend. Im Bild habe ich die Welt umarmt, dich, uns. Bilder, Unterstände, dunkle Schutznischen. Nichts ging mir über das Bild. Und jetzt?

Ja, und jetzt? Jetzt scheint der Zugang zur Welt versperrt. Die Wahrnehmungen gleiten ab. Die von außen kommenden Bilder – fremdbestimmt und künstlich – bleiben ohne Bedeutung. Man kann sie nicht einfach abrufen. Sie werden uns angetragen, aber haben nichts mehr mit unserer Erfahrungs- und Gefühlswelt gemein. Sie überfluten uns, ohne den Weg in unser Inneres zu schaffen. Sie prallen an uns ab.
Aber noch können wir uns des Verlustes bewusst werden. Noch können wir uns der Zeiten erinnern, als sich die Welt über Bilder erschloss. So bleibt am Ende doch noch etwas Hoffnung. Und bestünde diese auch nur darin, die Geschichte vom Bildverlust weiter zu erzählen. Das könnte die Botschaft Handkes sein – vorausgesetzt, er

wollte uns tatsächlich eine solche mit auf den Weg geben.

Thomas Bernhard: Ein Kind

Die *Autobiographischen Schriften* von *Thomas Bernhard* umfassen fünf Bände. Im Band mit dem Titel *Ein Kind* beschreibt er in permanenten Zeitsprüngen seine unglückliche Kindheit. Aufgehellt wird diese allein durch seine Beziehung zum Großvater, den er abgöttisch liebt, der ihn erzieht, bei dem er Trost findet, der an ihn glaubt. Die Beiden sind unzertrennlich. *Wir erfanden uns eine Welt, die mit der Welt, die uns umgab, nichts zu tun hatte.* Vor allem schützte der Großvater ihn vor den destruktiven Einflüssen der Schule. Während der Schulstoff ihn unendlich langweilt, meint sein Großvater, es komme nur darauf an, *durchzukommen*, wie, das sei vollkommen gleichgültig, er halte nichts von Noten. Ich sei überdurchschnittlich intelligent, die Lehrer kapierten das nicht, sie seien die Stumpfsinnigen, nicht ich, ich sei der Aufgeweckte, sie seien die Banausen.

Auch der Hassliebe der Mutter und ihren ständigen Vorwürfen, er sei nur *Ballast* für sie, *zu nichts zu gebrauchen* und werde es auch *zu nichts bringen*, kann er kaum entkommen. Er flüchtet in problematische

Ausweichmanöver, schwänzt sie Schule, läuft von zu Hause fort und handelt sich auf diese Weise allerlei Misshelligkeiten ein. Gezeigt wird aber auch, wie sich allmählich die *Widerständigkeit* im Knaben entwickelt und er verzweifelt versucht, nicht gänzlich unterzugehen oder sich gar umzubringen.

Schlüsselstellen des Romans sind eine *gescheiterte Fahrradtour* des Achtjährigen nach *Salzburg* – eine Art *Fluchtversuch* von zu Hause weg. Der Versuch scheitert zwar, macht ihn aber dennoch *stolz auf sich,* weil er ihn gewagt hat und ziemlich weit gekommen ist. Dann die Verschickung in ein sog. *Kindererholungsheim* ins ferne *Saalfeld in Thüringen.* Ihm wurde seitens der Mutter vorgegaukelt, es diene seiner Erholung; in Wirklichkeit entpuppt sich das Heim als Anstalt *für schwer erziehbare Kinder*; mit allen Attributen einer autoritären, nazistisch geprägten Erziehung. Und schließlich sind da die Qualen des *Schulbesuchs*; eine einzige Tortur für den unehelichen Sohn einer armen Familie, für den die Schule ein Ort der permanenten *Demütigung* ist.

Ich war dem Spott meiner Mitschüler vollkommen ausgeliefert. Die Bürgersöhne in ihren teuren Kleidern straften mich, ohne dass ich wusste, wofür, mit Verachtung. Die Lehrer halfen mir nicht, im Gegenteil, sie nahmen mich gleich zum Anlaß für ihre Wutausbrüche. Ich war so hilflos, wie ich niemals vorher gewesen war. Zitternd ging ich in die Schule hinein, weinend trat ich wieder hinaus. Ich ging, wenn ich in die Schule ging, zum Schafott, und meine endgültige Enthauptung wurde nur immer hinausgezogen, was ein qualvoller Zustand war.

Seine Erziehung erhält er von seinem Großvater, der ihn auf seinen Spaziergängen mitnimmt, ihm die Natur erklärt und das Leben überhaupt. Vom Großvater sagt der Autor:

Die Großväter sind die Lehrer, die eigentlichen Philosophen jedes Menschen, sie reißen immer den Vorhang auf, den die andern fortwährend zuziehen … Er war von Halbgebildeten umgeben. Es ekelte ihn wenn sie ihre Stimme erhoben. Bis an ihr Lebensende haßte er ihren Artikulierungsdilettantismus. Wenn ein einfacher Mensch spricht, ist das eine Wohltat. Er redet, er schwätzt nicht. Je gebildeter die Leute werden, desto unerträglicher wird ihr Geschwätz.

Der Großvater ist *Schriftsteller*, wenn auch kein sehr erfolgreicher. *Er lenkte seine Energie nicht in die Politik, sondern in die Literatur.* Und er ist *Anarchist. Anarchisten sind das Salz der Erde, sagte er immer wieder.* Er hasst alle Autoritäten, die staatlichen ebenso wie die kirchlichen. Insbesondere die Katholische Kirche zog seinen Hass auf sich:

Die katholische Kirche war ihm eine ganz gemeine Massenbewegung, nicht mehr als ein völkerverdummender und völkerausnützender Verein zur unaufhörlichen Eintreibung des größten aller denkbaren Vermögen..und beutet weltweit selbst die Ärmsten der Armen millionenfach aus nur zu dem Zwecke der unaufhörlichen Vergrößerung ihres Besitzes..Die Kardinäle und Erzbischöfe sind nichts anderes als skrupellose Geldeintreiber für nichts.

Entgegen der Mutter, die zeitlebens vergebens versucht, in der bürgerlichen Normalität Fuß zu fassen, war der Großvater dieser Normalität von frühester Jugend an entflohen, für die er *nichts als Spott und Hohn und die tiefste Verachtung übrig hatte … Wir waren auf dem Seil gefangen, vollführten unsere Überlebenskunst, die sogenannte Normalität lag un-*

ter uns, *wir trauten uns nicht, in die Normali-*
tät hineinzustürzen, weil wir wussten, dass die-
ser Kopfsprung unseren sicheren Tod bedeutet
hätte.

Hans Hartung schreibt über das Buch: *Dieses*
letzte und zugleich erste Buch seiner Autobio-
graphie kann auf jede Erklärung verzichten:
Ganz einfach, menschlich; es ist vielleicht das
schönste, das Bernhard geschrieben hat. Dem
kann man sich nur anschließen. Ich habe
die Lektüre – auch wegen gelegentlicher
Übereinstimmungen mit eigenen Kind-
heitserfahrungen – mit größtem Interesse
gelesen, mitgelitten und sie teilweise auch
genossen.

Als *Motto* für sein Buch wählte Thomas
Bernhard einen Spruch von *Voltaire: Nie-*
mand hat gefunden oder wird je finden.

Kurt Drawert: Deutsche Zustände

Wer die gegenwärtigen Befindlichkeiten in unserer Gesellschaft verstehen will, sollte nicht nur auf die politischen Großereignisse schauen, die im Mittelpunkt der öffentlichen Wahrnehmung stehen. Ebenso wichtig ist es, sich die subjektive Seite der Veränderungen klarzumachen, die sich in den letzten Jahren in beiden Teilen Deutschlands vollzogen haben.

Der Schriftsteller Kurt Drawert kennt beide Seiten; er hat sie intensiv erlebt und beeindruckende Texte darüber geschrieben. In seiner Lyrik und Prosa finden sich zahlreiche Zeugnisse eines verzweifelten Kampfes um persönliche und politische Orientierung in Zeiten zunehmender *Unübersichtlichkeit* (Habermas).
In seiner Gedichtsammlung *Frühjahrskollektion* (2002) sucht Drawert ein Ventil für die Demütigungen und Zurichtungen, denen er in seiner bisherigen Lebensgeschichte offenbar hilflos ausgeliefert war. Man spürt fast in jeder Zeile das Ringen des Schriftstellers um eine adäquate Sprache für sein Streben nach Selbstvergewisserung. Er ist

ein Suchender, der zu wissen scheint, dass er nicht findet, wonach er sucht.

Sein Erfahrungsraum war lange Zeit der Osten Deutschlands. Hier hat er eine unglückliche Kindheit erlebt; unter der geistigen Enge gelitten und versucht, den Zumutungen von Elternhaus, Schule und Behörden zu widerstehen. Voller Verbitterung berichtet er von diesen Erfahrungen; ihm geht es darum, sie endlich abzustreifen; vergessen zu machen. In seinem Prosatext *Spiegelland* (1992) hat Drawert die Erfahrungen seiner Kindheit und Jugend in der DDR reflektiert und eindringlich geschildert. Es sind Zeugnisse des (Selbst)Hasses und eine einzige Anklage – insbesondere adressiert an den regimetreuen Vater, der seinem Sohn ohne jedes Verständnis begegnet und an eine soziale Umgebung, die in einer Mixtur aus Anpassung und Gleichgültigkeit die Existenz des Heranwachsenden bedroht.

Drawert konfrontiert schon früh die DDR-Wirklichkeit mit der Nazi-Vergangenheit, die sich hinter der sozialistischen Welt nur zu kaschieren versucht. Der behauptete *Antifaschismus* könne nicht darüber hinwegtäuschen, dass man es versäumt hatte, sich ernsthaft mit dem Nationalsozialismus auseinander zu setzen. Damit knüpft Drawert an Brecht an, der nach dem 17. Juni 1953 bemerkt hatte: *Es ist einer der Hauptfehler der SED und der Regierung, dass sie diese Nazielemente in den Menschen und in den Gehirnen nicht wirklich beseitigt hat.* Brecht beschwerte sich darüber, dass es ein Tabu war, von der Nazizeit zu sprechen und dass Bücher am Erscheinen gehindert wurden, wenn diese davon handelten.

Drawert konstatiert bereits Anfang der 90er Jahre, dass die deutsche Wiedervereinigung das Gebiet der ehemaligen DDR zu einer Laborschale zur Herstellung rechtsradikaler Bewusstenseinszustände gemacht hat.

Und es wundert auch nicht, dass gerade der Osten kriminelle Energien freisetzt, empfänglich ist für Fremdenhaß, Neonazismus und alle Arten von Gewalt, die die herrschende Realität immer schon begleitet hat und sich nur ihre geeigneten Ausdrucksformen sucht. Die Bewegungen der radikalen Szene sind keine verspäteten Abwehrreflexe auf den SED-Staat und seine administrativen Strukturen, vielmehr stehen sie in einer Kontinuität dazu und machen im

Nachhinein den militanten Charakter der Macht sichtbar. Er legt damit gewissermaßen den *nationalsozialistischen Untergrund* der DDR bloß, der Vielen erst nach den Untaten der NSU bewusst zu werden begann.

Drawerts primäres Anliegen als Schriftsteller ist es, aufzuzeigen, wie insbesondere die *Sprache als Unterdrückungs- und Herrschaftsinstrument* instrumentalisiert wurde, indem man Jugendlichen einen bestimmten Sprachkanon eintrichterte. Zeitweilig reagiert er darauf mit *Sprachverweigerung* als einer hilflosen Form des Widerstands. Er versucht zu überleben, indem er sich möglichst selbst verleugnet und unsichtbar macht. Alles abbrechen, ein Anderer werden – das ist leicht gesagt, zumal, wenn einem auch die Sprache allmählich abhanden gekommen ist. Wenn die Sprache ihre Eindeutigkeit eingebüßt hat und die Begriffe das nicht hergeben, was sie verheißen, dann werden sie zur nackten Hülse; wieder und wieder gebraucht, wiederholt, gedankenlos dahergesagt, ohne dass auch nur nach ihrem Sinn gefragt würde. Für einen Heranwachsenden, der hinreichend sensibel ist, gibt es keinen Ausweg, keine Alternative. Alles ist verbaut. Hat er die Wirklichkeit so weit durchschaut, dass ihm alles nur noch als Lug und Trug erscheint, bleibt nur eine Art innerer Emigration, Verbitterung, Verzweiflung.

Ich muß der allereinsamste Mensch gewesen sein, der nur noch ins Verkommen und ins Nichtstun geraten wollte, daß das Gegenteil von Nichtstun und Verkommen eben diese unerträgliche, geisttötende und sterbenslangweilige Ausbildung war mit ihren Zwängen und Verlogenheiten und Anpassungsritualen. Immer wieder nahm ich mir vor, abzubrechen und umzukehren, wenn ich an der totbeleuchteten Aufschrift ‚Der Sozialismus siegt' vorbei über die Straße in die Lehranstalt lief. Diese Lehranstalt ist eine Verhinderungsinstanz des Denkens gewesen, die aber auch jeden Ansatz von Individualität, wo immer sie möglich war, zerstörte, und zu denken ist etwas Feindliches und Absonderliches und ganz und gar Schädliches gewesen, das auf verbotene Lektüre schließen ließ und bekämpft werden musste, mit allen Mitteln der proletarischen Diktatur.

Lange, zähe Jahre gehen dahin. Enttäuschung folgt auf Enttäuschung; Desillusionierung auf Desillusionierung, bis nichts mehr bleibt als die bloße Verneinung all dessen, was einem aufgetragen wird und einen umgibt. Und dann – 1989 – gibt es doch für eine kurze Zeit die Hoffnung auf Besserung. Nur für kurze, sehr kurze Zeit scheint sie auf: die Hoffnung, dass *dieses abgestandene und heruntergekommene, kleine deutsche Land im Osten würde etwas hervorbringen können, was allein unserer Idee entsprungen war.* Es ist die Hoffnung darauf, dass die Menschen einen Sinn in sich haben, deren Text sie nur noch nicht kennen und deren Sprache sie nur noch nicht zu sprechen gelernt haben. Gleichwohl sind sie auf die Straße gegangen, zu Hunderttausenden, selbst auf die Gefahr hin, zu sterben. Sie sind auf die Straße gegangen, weil sie den Sinn in sich wahrgenommen haben und auf der Suche nach einer Sprache für diesen. Auf der Suche nach einem Diskurs, *der die bekannten Diskurse verläßt, die Diskurse der Unterwerfung waren. Ein jeder Mensch hat in sich das Gesetz eines Sinns, dachte ich, der durch die Umstände unterdrückt worden ist oder schlimmstenfalls auch zerstört. Es ist die Anwesenheit einer Würde, die noch nicht Sprache und noch nicht Text geworden ist, aber bereits ahnbar als Sinn einander verbindet.*

Die Zeit der Illusion währt nur kurz. Es gelingt nicht, eine neue Sprache zu kreieren, die Begriffe zu klären, ihnen neue Bedeutungen zu geben. Die Sprache bleibt dem System der Unterwerfung zu sehr verhaftet. *So ist diese Revolution eine von Anfang an zum Scheitern verurteilte Revolution gewesen, da sie die Sprache des Systems nicht verließ und lediglich versuchte, sie umzukehren, so daß das System kein gestürztes System, sondern ein lediglich umgekehrtes System geworden ist.*

Das Beeindruckende an Drawerts Texten ist, dass sie keine abstrakten Erörterungen bleiben. Vielmehr versuchen sie, die individuellen Voraussetzungen der historischen Umwälzung in den Blick zu nehmen. Wenn man so will: *den subjektiven Faktor.* Dabei wird klar, dass ein Sozialisationsprozess, der auf Anpassung und Unterwerfung beruhte, nicht einfach abgestreift werden kann – auch nicht in Phasen revolutionärer Veränderung. Immer wieder versucht der Autor, durch lebensgeschichtliche Rückblenden den Grad individueller Entfremdung aufzuzeigen. Deutlich wird, dass das aus der Notwehr geborene, aus Verweigerung und Abkehr bestehende Verhalten des Protagonisten bei weitem nicht ausreicht, um sich selbst – geschweige denn die gesellschaftlichen Umstände zu verändern. Zu tief haben sich die Spuren der Erziehung im alten System eingegraben. Es spricht für Drawerts Aufrichtigkeit, dass er den Verästelungen dieser persönlichen Prägungen schonungslos nachspürt – ohne den Versuch zu machen, sich in irgendeiner Weise herauszureden oder zu legitimieren. Der ganze Text zeugt vom Ringen, Klarheit für sich selbst zu schaffen.

Dieses Vorhaben gestaltet sich für den Autor umso schwieriger, als auch die *neue Zeit* wenig an Perspektiven bietet. Die Übersiedelung in den Westen bringt neue Probleme mit sich. An die Stelle des Mangels und der Enge tritt nunmehr die Überflutung mit Reizen der Konsumwelt.

Jetzt siehst du, gestand ich mir ein, die banalsten Filme, die es überhaupt gibt, fingerst in den allerdümmsten Zeitschriften herum, verbringst die Tage in finsterster Geistlosigkeit und Leere und gibst nur die letzten Ersparnisse aus, die du dir mit Gedankenarbeit mühsam beschafft hast ... Anfänglich war ich wenigstens noch dagegen, ich ließ mich fallen und verführen und litt, gefallen und verführt zu sein, aber dann, es war ein Morgen wie alle anderen, ich erwachte zu früh vom Geschrei glücklicher Vögel, stand von meinem Nachtlager auf und schaltete, gesunken und entleert, wie ich geworden war, sofort mit dem Erwachen den Fernseher an und döste bis zum Frühstück in die jeweilige vollkommen geistlose Sendung hinein, und dieses Hineindösen nannte ich motivierendes Wachwerden, ganz im Ernst, ich wollte motiviert und produktiv, informiert und umsichtig in den Tag kommen, sagte ich, eine Werbesendung lief, schön, all diese Neuheiten und Perfektionen, die die Neuheiten und Perfektionen von gestern um ein Detail übertrafen, man kann ja immer am Laufen und Bestellen und Anziehen und Wegwerfen sein, in Gedanken ging ich meinen letzten Kontoauszug durch, es war ein Morgen wie alle anderen, aber dann merkte ich es nicht mehr.

Die historische Wende hat das Bedürfnis nach einem sinnvollen Leben in Würde nicht befriedigt. Was sie gebracht hat, ist ein Mehr an Konsummöglichkeiten. Aber der kurzzeitige Konsumrausch mündet schnell wieder ein in die Leere eines Daseins, das aus lauter sich selbst reproduzierenden Ansprüchen besteht, so dass diese letztlich erneut *zum Gefängnis* werden und die versprochene Freiheit ersetzen. Drawert reflektiert die neugewonnene Freiheit in ihrer ganzen Ambivalenz:

Ich dachte darüber nach, für was sich das Aufstehen lohnen würde. Sobald ich nachzudenken begann, war ich sehr um Objektivität bemüht, mit der ich die Vor- und Nachteile des Aufstehens zu erwägen versuchte. Aber was ich herausfand, waren immer nur jede Menge Nachteile. All das hindert ihn, das hervorzubringen, was er sich als Tagespensum vorgenommen hat: *Die Würde des gültigen, brauchbaren Satzes.*

Die Freiheitsversprechen erweisen sich als leer und hohl. Es gelingt nicht, eine Sprache für die neue Wirklichkeit zu finden. Alles scheint verkehrt und blockiert; die Wirklichkeit wird als unaussprechbar empfunden – als etwas *der Sprache vollkommen Jenseitiges.*

Durch die Sprache haben wir uns aus der Wirklichkeit entfernt, und wir leben in ihr als in einer Ersatzwirklichkeit, so empfand ich und so war der gültige, brauchbare Satz, von dem ich in rhetorischer Weise sprach, genaugenommen das Schweigen, in das ich gestürzt war, der gül-

tige Satz war der verschwiegene Satz in dieser Zeit, die ausgesprochenen oder niedergeschriebenen Sätze waren Verneinungen der gültigen Sätze.

War die Vergangenheit eher durch eine gewisse Erfahrungsarmut gekennzeichnet, ist nunmehr das Gegenteil der Fall. Das neue Umfeld bringt viele Anforderungen mit sich, denen sich der Autor nicht gewachsen fühlt. Oft sind es ganz banale Dinge, die ihn am Schreiben hindern; dann aber auch Zwangsverrichtungen wie Steuererklärungen abgeben.

Ich verstand diese ganze Begriffswelt nicht. Ich verstand gar nichts. Ich war vor lauter Befehls- und Aufklärungsmaterial vollkommen desorientiert, alle Werbe-, Informations- und Gesetzesbroschüren, die in hohen und nicht mehr zu ordnenden Stößen meinen Schreibtisch füllten, waren mir eine einzige Desorientierung. Ich verstand alles falsch und füllte alles falsch aus.

Diese totale Desorientierung infolge des Bedeutungsverlustes der Begriffe führt zu psychosomatischen Störungen, denen mit herkömmlichen medizinischen Therapien nicht beizukommen ist. Die Ärzte empfehlen einen gesünderen Lebenswandel durch Sport und Bewegung. Verbieten das Rauchen und Trinken. Kurzum: verstehen die Ursachen der Erkrankung nicht. Ihre Ratschläge müssen dem Autor wie blanker Hohn erscheinen. *Die Ärzte haben zu wenig Philosophie, das läßt sie beleidigend werden.* Sie versuchen, Symptome zu kurieren ohne deren sozial bedingte Ursachen zu verstehen. Für derlei fühlen sie sich nicht zuständig. Dem Autor bleibt nichts anderes übrig, als seine Selbsttherapie schonungslos weiter zu führen. Wieder fährt er herum, versucht, einen Ort zu finden, an dem er seine Gedanken ordnen kann; seine *gedankliche Überschärfe* zu beruhigen, denn *man erkrankt an fast jedem Organ, wenn das Zentrum der Gedanken erkrankt ist.*

In seiner Verzweiflung kehrt er an den Ort seiner Herkunft zurück und hofft darauf, eine vertraute Umgebung vorzufinden, die ihn zur Ruhe kommen lässt. Aber was er vorfindet, ist eine öde, zerrissene Landschaft.

Sie war *voll von toter oder sterbender Gesellschaft, voll von toter oder sterbender Sprache, die von einer anderen toten oder sterbenden*

Sprache ersetzt werden würde oder bereits er-
setzt worden war, hastig hingeklebte Reklame-
schilder, wo vorher Losungen standen, deren
über den farbigen Bildrand hinausreichende
Endungen mit dem Putz der Wände zerbrachen,
Frittenbuden und Plunderkisten, Billigartikel,
vergoldeter Ramsch, Prostituierte, Autowracks,
ohne Nummernschild, in Seitenstraßen gestellt,
als wären sie die Vergangenheit selbst, die man
eilig verließ, provisorische Zeltunterkünfte für
Banken, Firmen und Warenketten, ich fuhr und
fuhr, um mich her schien es nur noch Idioten,
Spekulanten und Verbrecher zu geben.

So sah sie wohl aus, die *Anschlussgesellschaft*
nach der deutschen Wiedervereinigung.
Die vormalige Ödnis wird durch eine neue
ersetzt. Die alte Fremdheit durch die neue.
Nirgendwo ein Ort, der einen heimisch
werden lässt. Denn zusätzlich zu den neuen
Umständen, die unverständlich bleiben,
krauchen einen die Erinnerungen wieder
an, so dass der Versuch, in diesem Kontext
brauchbare Sätze hervorzubringen, zum
Scheitern verurteilt ist.

Ich war in eine Stadt zurückgekommen, die nur
aus kranken Räumen bestand, ich habe diese
Stadt verlassen, indem ich kranke Räume ver-

ließ, die ich kannte, und ich kam in kranke Räume zurück, die ich nicht kannte, und in denen mir nicht nur das Schreiben und Lesen, sondern auch das Sprechen und Hören unmöglich geworden war. Kranke Räume können nur Stummheit hervorbringen oder kranke Gedanken, in ihnen erscheint alles als nutzlos, unverständlich oder verlogen.

Also geht der quälende Suchprozess weiter. Die Hoffnung, durch die Rückkehr an den Ort der Herkunft eine *Perspektive des Sehens und Denkens* zu erlangen, erweist sich als Illusion. Zu stark wirkt die Vergangenheit nach. Diese bedrückende Vertrautheit, das Wiedererkennen alter Zwänge und *bald schon entdeckte ich dieselbe Schlinge am Hals des Denkens, der ich entfliehen wollte, der Fremdheit war nicht mehr jener distanzierte Blick abzugewinnen, den ich zu benötigen glaubte.* Desillusioniert verlässt der Autor den Fluchtort erneut und kehrt in den Westen zurück. Aus dem persönlichen Scheitern wird ein Nachdenken über deutsche Zustände in der Zeit nach der sogenannten Wende. *War das schon die Zukunft der Deutschen?*

Plötzlich erscheint ihm das ganze Vorhaben, über diese Zustände vernünftige Sätze zu formulieren, gar ein ganzes Buch schreiben zu wollen, als anmaßend und nahezu unmöglich.

Das Schreiben als eine absichtsvolle Handlung ist mir auf einmal so maßlos arrogant vorgekommen, daß ich vor lauter plötzlich empfundener Scham beinahe über meine eigenen Füße gestürzt wäre, nein, ich mochte dieses ganze selbstbedeutsame Buchgeschreibe und Perspektivgetue nicht, wie es mich in einem Wiederholungsanfall von Intelligenzeitelkeit überkam, ich mochte gar nichts, es war dieselbe Krankheit, der ich zu entkommen dachte, aber der Ort war mir kein Fluchtort mehr, er war mir, wie der Ort meiner Herkunft, schon zu vertraut, und die eigentliche Krankheit, dachte ich, ist überall dieselbe Krankheit.

So wird das Schreiben über kranke Zustände selbst einem rigorosen Zweifel unterworfen. Was soll sie ausrichten, die Literatur, die schon lange ohne Leser ist; auf deren Ergüsse niemand wartet; die nur ihres Warenwertes wegen da ist? Der Anspruch auf eine Meinung, die Fertigstellung eines unverlangten Buches – das alles erscheint ihm lächerlich und prätentiös. So liest sich der Text von Drawert wie das Protokoll eines zutiefst entfremdeten Lebens eines Schriftstellers.

Denn der Gegenstand des Denkens ist die Welt der Väter gewesen, von ihr sollte berichtet werden, und wie verloren sie machte und wie verloren sie war – als herrschende Ordnung, als Sprache, als beschädigtes Leben. Doch sobald ich ins Erzählen geriet und meine Geschichte, um sie zu verstehen, in die Vergangenheit holte, kam mir eine zweite und dennoch zu mir gehörende Person wie aus der Zukunft entgegen und forderte mich auf, eine andere Wirklichkeit zu übernehmen, vor der die erfahrene Wirklichkeit sich auszulöschen schien.

In seinem Text *Spiegelland* bricht Drawert konsequenterweise den Versuch ab, nach einer Sprache für die Geschichte am anderen Ende der Wirklichkeit zu suchen. *Alles sinkt in sein berechtigtes Schweigen zurück,* heißt es da. Erst später, in seinem Roman *Ich hielt meinen Schatten für einen anderen und grüßte* (2008), greift er die Thematik erneut auf. Darin schildert er das Inferno der von einer Diktatur Zermalmten, die Unterwelt der von der Gesellschaft Ausgestoßenen, die Denken verbietet, Lesen zum Verrat und das Individuum per se zum Verräter erklärt. Wo der Tatbestand, keine Hoffnung zu haben, zum Überlebensprinzip wird.

Nicht selten aber kam er verdorben zurück, das heißt mit Hoffnungen auf dieses und jenes. Dann ging die ganze Abrichtungsprozedur von vorn los, bis der an Hoffnung Erkrankte wieder frei und gesund war, frei von Hoffnung und gesund wie eine Wildsau in ihrer Suhle. Denn nichts war so schädlich und so gefährlich wie Hoffnung.

Auch in diesem Roman reflektiert Drawert die Wirklichkeit seines Herkunftslandes DDR. Um seinem Vorhaben einen adäquaten sprachlichen Ausdruck zu verleihen, konstruiert er eine fiktive Unterwelt aus Höhlen und Röhren, von wo aus die Verdammten, an sinnlosen Maschinen hantierend, hoffnungslose Botschaften nach oben senden. Geradezu kafkaesk mutet das Ganze an. Drawert wechselt öfter die Perspektive: mal schildert er den Dialog der Entrechteten; dann berichtet er von deren Elend und wechselt hin und wieder zum Ich:

*Wenn ich in meinem Verhau auf und ab ging,
schlurfte das Nummernschild über den Boden.
Es klang wie der Schrei einer Katze. Dann wieder
Stille, bis ich das Rauschen meines Blutes
hörte. Dieses Geräusch war die Geschichte des
Tages. Hätte ich eine Sprache gehabt, wäre es
vielleicht zu beschreiben gewesen. So blieb es
eine Spur des Verschwindens.*

Es scheint, dass Drawert weiterhin nach einer geeigneten Sprache sucht, um zu verstehen, was ihm lebensgeschichtlich widerfahren ist. Dass er dies mit aller Konsequenz und Rigorosität tut – daran kann kein Zweifel bestehen. Drawert verfügt über außergewöhnliche sprachliche Ausdrucksmöglichkeiten, das zeigen seine Texte zur Genüge. Auf jeden Fall harren die Fragen, die Drawert in *Spiegelland* stellt und in seinem Roman erneut aufgreift, einer Antwort. Ob es der Literatur gelingt, diese Fragen zu beantworten, kann mit Fug und Recht bezweifelt werden. Wie heißt es doch in einem seiner Gedichte:

*Die Kriege sind ernster geworden,
härter,
vor den Sparkassenschaltern,
das muß ich sagen.*

Ein Blick auf den Kontoauszug,
und ich weiß,
ich lebe kopfunter.

Steffen Mau: Leben in Ostdeutschland – vor und nach der Wende
Eine soziologische Bestandsaufnahme

Ich habe mich immer für einen einigermaßen gut informierten Zeitgenossen gehalten. Nachdem ich das Buch *Lütten Klein. Leben in der ostdeutschen Transformationsgesellschaft* (erschienen 2019) von Steffen Mau über das Leben in Ostdeutschland gelesen habe, fühle ich mich eines Besseren belehrt. Ich war erstaunt darüber, wie wenig ich über das Leben in Ostdeutschland wusste.

Der Autor wuchs in Lütten Klein, einer Plattenbausiedlung in einem Rostocker Stadtteil, auf; machte eine Lehre als Elektronikfacharbeiter; diente zum Zeitpunkt des Mauerfalls bei der NVA; studierte danach an der FU Berlin Politik und Soziologie; forschte in Florenz, Paris und Harvard und ist heute Professor für politische Soziologie an der Humboldt-Universität Berlin. Für seine Forschungen zu Themen der sozialen Ungleichheit und gesellschaftlichen Polarisierung erhielt er den renommierten Leibniz-Preis 2021.

Die Stärke des Buches besteht darin, dass Mau gesamtgesellschaftliche Strukturanalysen mit dichten Beschreibungen des individuellen sozialen Lebens vor und nach der Wende verbinden kann. Vieles, über das er schreibt, kennt er aus eigenem Erleben. 30 Jahre nach dem Fall der Mauer zieht er eine persönliche und sozialwissenschaftliche Bilanz. Er nimmt die gesellschaftlichen Brüche in den Blick, an denen sich Verbitterung und Unmut der Ostdeutschen entzünden. Er hat mit Weggenossen und Daheimgebliebenen gesprochen und schaut zurück auf das Leben in der DDR. Und er fragt sich, wie es möglich ist, dass in der Siedlung, in der er gemeinsam mit Kindern aller Schichten seine Jugend verbrachte, ein Ort sozialer Spaltung wurde? Was also sind die Ursachen für die Unzufriedenheit und politische Entfremdung in den neuen Bundesländern?

Seine Intentionen beschreibt Mau wie folgt: *Worum es mir geht, ist zunächst einmal eine nüchterne Bestandsaufnahme, die uns helfen soll zu verstehen, dass wir es nicht mit Übergangsphänomenen oder damit zu tun haben, dass der Osten einfach nur anders ‚tickt'. Vermeiden möchte ich auch jedwede nostalgische*

Verklärung einer ach so gemeinschaftlichen DDR mit echter solidarischer Verbundenheit, weil soziale Kontrolle und Repression nicht nur zur DDR dazugehörten, sondern diese gleichsam konstituierten. Ebenso wenig möchte ich mich aber an dem Schulterklopfen beteiligen, dem sich alle Jubeljahre die Führungskräfte dieses Landes hingeben und dabei übersehen, dass viele der Probleme in Ostdeutschland nicht nur Erblasten des Staatssozialismus sind, sondern im Zuge von Vereinigung und Transformation reproduziert, verstärkt oder gar hergestellt wurden.

Mau zeichnet ein *Doppelbild* dessen, was er den *ostdeutschen Transformationsprozess* nennt: Einerseits gibt es Freiheitsgewinne – z.B. beim Reisen oder dem Recht, seine Meinung zu äußern. Vielen Menschen geht es materiell besser als zu DDR-Zeiten. Das reale Bruttoinlandsprodukt je Erwerbstätigen hat sich seit 1991 mehr als verdoppelt; die Löhne steigen und die Arbeitslosigkeit ist auf dem tiefsten Stand seit der Wiedervereinigung. *Wie aus einer anderen Welt klingen da Berichte über die Problemzone Ostdeutschland. Diese stellen die anhaltend hohen Produktivitätsrückstände, die fortbestehende Ost-West-Kluft bei den politischen Einstellun-*

gen, den lautstarken Widerstand gegen Geflüchtete und ‚die da oben' sowie abgehängte Sozialräume in den Vordergrund. Gravierende Ost-West-Unterschiede gibt es beim Vertrauen in die politischen Institutionen oder der Unterstützung für Marktwirtschaft und Demokratie. *Laut einer Allensbach-Umfrage sehen nur 42 Prozent der Ostdeutschen die Demokratie als die beste Staatsform an: im Westen sind es 77 Prozent.*

Mehr als ein Drittel der Ostdeutschen sehen sich als Bürger zweiter Klasse. Die Hälfte hält den Umstand, ob man aus dem Westen oder Osten stammt, für die wichtigste gesellschaftliche Trennlinie. Der Satz ‚Niemand kümmert sich um uns' steht für das Gefühl, gesellschaftlich zurückgesetzt, ökonomisch und politisch marginalisiert zu sein. Es gibt ein Nebeneinander von Erfolg und Scheitern, Hoffnung und Enttäuschung, Eingewöhnung und Entfremdung. Mau schlussfolgert: *Die Bilanz der Einheit ist nicht nur durchwachsen, sie ist auch durch und durch widersprüchlich. Selbst Individuen wirken oft innerlich gespalten, wenn man sie auffordert, ihre persönliche Situation zu schildern.*

Zur Erklärung dieser Diskrepanzen arbeitet Mau mit dem Begriff der *gesellschaftlichen Fraktur.* Damit meint er *Brüche des gesellschaftlichen Zusammenhangs,* die – anders als bei Knochenbrüchen – so schnell oder gar nicht heilen. *Durch Frakturen können die Belastbarkeit, die Beweglichkeit und die Anpassungsfähigkeit eines gesellschaftlichen Gebildes noch über lange Zeiträume eingeschränkt bleiben. Das erklärt auch die erhebliche Unzufriedenheit, während es gleichzeitig viele positiv zu bewertende Entwicklungen gibt.*

Mau geht davon aus, *dass sich trotz aller Transformationserfolge, trotz Angleichung und trotz kultureller, normativer und mentaler Eingewöhnung die Unterschiede zwischen den beiden deutschen Teilgesellschaften nicht einfach ausschleichen werden. Sowohl in sozialstruktureller wie auch in mentaler Hinsicht hat sich in Ostdeutschland eine Form der Sozialität herausgebildet, in der neben langsam steigender Zufriedenheit auch Gefühle der Benachteiligung und der politischen Entfremdung wachsen, die mehr sind als ein nicht enden wollendes Murren einiger Ewiggestriger.*

Durch die Wiedervereinigung versprach man sich schnelle Freiheits-, Wohlstands- und Konsumgewinne; gleichzeitig wurde sie als ökonomischer und sozialer Schock erlebt, der die Bewältigungskapazitäten der Menschen bis aufs Äußerste strapazierte. Über Nacht fand sich die DDR-Bevölkerung auf den unteren Rängen der gesamtdeutschen Hierarchie wieder. Deklassierungs- und Entmündigungserfahrungen waren an der Tagesordnung, und dies zu einem Zeitpunkt, an dem man erstmals die Erfahrung kollektiver Handlungsfähigkeit gemacht hatte. Die wichtigsten Schaltstellen in Politik, Wirtschaft, Verwaltung, Justiz, Universitäten und Militär wurden mit importierten, westdeutschen Akteuren besetzt. *Überschichtung* nennt Mau diesen Prozess des massiven Elitetransports von West nach Ost.

Im ersten Teil seines Buches beschreibt Mau den Alltag und die Sozialstruktur der DDR, wobei er auch auf Selbsterlebtes zurückgreift. *Wie haben wir gelebt? Wie hat die Arbeitsgesellschaft die Menschen integriert? Welche Rolle spielen Konformismus und Kontrolle? Wie stand es mit der vielbeschworenen Völkerfreundschaft der DDR? Mein Befund ist der einer stark nivellierten, um die Arbeit herum strukturierten, geschlossenen und ethnisch homogenen Gesellschaft, die sich vom westdeut-*

schen Pendant – mittelschichtdominiert, migrantisch geprägt, zunehmend individualisiert – grundlegend unterschied. *Mit verstopften Aufstiegskanälen, politischen Erstarrungstendenzen und wachsender Unzufriedenheit war die DDR zum Ende hin zudem ein erschöpftes und ausgelaugtes Land, unfähig dazu, eine neue Entwicklungsdynamik auszulösen.*

Im zweiten Teil des Buches diagnostiziert der Autor den Sachverhalt, dass mit der Wiedervereinigung viele der strukturellen Eigenheiten der ehemaligen DDR-Gesellschaft nicht aufgelöst, sondern weitergetragen und mitunter sogar vertieft wurden. *Die politische Mobilisierung im Jahre 1989 wurde bald von einer Duldungsstarre abgelöst, die Menschen wurden aufgefordert, sich ohne Wenn und Aber in die neuen Verhältnisse einzupassen. Die althergebrachten Mentalitäten sollten zurückgelassen werden, um für die Gesellschaft des Westens fit zu werden. Die Erfahrung der soziokulturellen Entwertung führte zu einer Verfestigung alter Prägungen – einschließlich einer Distanz zu den politischen Institutionen und ihrer Repräsentanten. Der Geburteneinbruch und die massenhafte Abwanderung der Mobilen und der Qualifizierten hinterließen tiefe, nicht ausgeheilte demographische*

Narben. Aufgrund der Vielzahl struktureller Faktoren gibt es eine starke Empfänglichkeit der ostdeutschen Gesellschaft für Ressentiments und Radikalisierung. Dabei ist es die Summe und Verklammerung der aus der DDR hergebrachten und der im Transformationsprozess erzeugten oder in Kauf genommenen Defekte, die die ostdeutsche Teilgesellschaft heute wie eine Hypothek belasten.

Seine Befunde untermauert Steffen Mau faktenreich, wobei er immer wieder auch auf Schilderungen der Beteiligten zurückgreift. Das macht seine Darstellung lebendig, und zuweilen liest sich das Ganze spannend wie ein Krimi. Darüber hinaus bedient er sich eines analytischen Instrumentariums von erstaunlicher Aussagekraft. Dieses wird nicht umständlich hergeleitet, sondern in konkreter Anwendung gezeigt. Das ist für eine sozialwissenschaftliche Abhandlung durchaus ungewöhnlich und trägt dazu bei, dass das Buch weit über den fachwissenschaftlichen Diskurs hinaus öffentliche Aufmerksamkeit gefunden hat. Mit dazu beigetragen haben dürfte, dass der Autor seine Forschungsergebnisse immer auch mit den Menschen vor Ort diskutiert hat.

Interessant sind viele der Einzelbefunde, die der Autor präsentiert und von denen einige im Folgenden skizziert werden. Z.B. wurde der Wohnungspolitik in der DDR größte Bedeutung beigemessen, wobei die Wohnungsbaukonzepte in enger Kooperation zwischen Soziologen und Architekten entwickelt wurden. Während auf den Plattenbau aus heutiger Sicht eher verächtlich herab geblickt wird und viele Bewohner nach der Wende aus den Vierteln wegzogen, war er zur Zeit der Entstehung durchaus fortschrittlich – sowohl was die architektonische Seite angeht, vor allem aber hinsichtlich der Vergemeinschaftung der DDR-Bevölkerung.

Die ‚Platte' versammelte alle Schichten, alle Berufsgruppen und stellte durch die standardisierten Lebenslagen und die geringe Varianz der Lebensformen Kohäsion zwischen unterschiedlichen sozialen Fraktionen her. Sie beseitigte Trennungslinien zwischen akademisch Qualifizierten, Facharbeitern, Angestellten sowie Un- und Angelernten und schuf ein schichtenübergreifendes ‚respektables Sozialmilieu'. Unsere Nachbarn im Hochhaus waren Diplomingenieurinnen, Bäcker, Stahlschiffbauer, Lehrerin-

nen, Straßenbahnschaffner, Opernsänger, Sprachwissenschaftlerinnen, Seemänner, Sparkassenangestellte, Bauzeichnerinnen, NVA-Offiziere. Selbst Universitätsprofessoren, das Leitungspersonal sozialistischer Betriebe und höhere Politfunktionäre wohnten bei uns im Viertel. So konnte man – ohne dass dies in irgendeiner Weise als falsche Fraternisierung mit dem Volk der Werktätigen angesehen worden wäre – den Direktor einer Rostocker Werft aus einem Plattenbau herauskommen und in einen dunkelblauen Wolga mit Chauffeur einsteigen sehen.

Der Wohnungsbau in der DDR unterlag politischen Maßgaben und keiner ökonomischen Regulierung über den Mietpreis oder Markt. Die Quadratmeterpreise betrugen 80 Pfennig bis 1,20 Mark; die Energiepreise lagen deutlich unter den Erzeugungskosten. Das bedeutete natürlich, dass sie stark subventioniert wurden, mit der Folge, dass die staatlichen Zuschüsse für das Wohnen kontinuierlich anstiegen.
Die Wohnungspolitik folgte einem Leitbild, das auf *Vereinheitlichung* setzte, statt auf Differenzierung und Individualisierung. *Als Gegengewicht zu den Vereinzelungsrisiken und zur Anonymität wurden vielfältige poli-*

tisch gesteuerte Vereins- und Kollektivierungs-
formen initiiert. *Die größeren Betriebe waren in
den Wohnvierteln präsent, planten Veranstal-
tungen, übernahmen den Transfer zu den Ar-
beitsplätzen, organisierten die regelmäßigen
unbezahlten Arbeitseinsätze im Wohngebiet,
nutzten mit ihren Betriebssportgruppen die
Sportanlagen oder wurden Stadtteilpaten. Auch
andere staatlich mandatierte Kollektive – vom
Elternkollektiv in der Schule bis hin zur Haus-
gemeinschaft – waren fester Bestandteil des Alltagslebens.*

Das Fazit des Autors lautet: *Die Vergesellschaftung über das Wohnen führte zwar nicht
zu einer ,glücklichen Menschengemeinschaft',
dafür war der Grad der ,Verplanung' und Kontrolle von allem und jedem viel zu weitreichend,
aber doch zu einem – in den Augen der Bewohner – zufriedenstellenden Leben mit allumfas-
sender öffentlicher Versorgung, organisierten
sozialen Verkehrsformen und gelebter Nachbar-
schaft. Das gesellschaftspolitische Modell der
Plattenbausiedlung zielte auf die soziokulturelle
Integration der Werktätigen, der soziale Ertrag
bestand in der Schaffung respektabler und
selbstbewusster Milieus, in denen soziale und
auch kulturelle Unterschiede weitgehend abge-
mildert waren.*

Es verwundert daher kaum, dass ehemalige DDR-Bürger heute den sozialen Errungenschaften von damals nachtrauern. Viele betonen ein geringeres Maß an sozialer Ungleichheit. *Die Älteren meiner Gesprächspartner berichten, dass 'niemand sich über andere erhob' und dass 'man im Grunde gleichgestellt' war. Mit Blick auf eigene biographische Erfahrungen heben sie hervor, die Menschen seien nicht so materialistisch eingestellt gewesen und hätten weniger aufs Geld geschaut, es habe ein größeres Gemeinschaftsgefühl geherrscht und niemand habe befürchten müssen, sozial abzustürzen. Natürlich schwingt in jeder Erinnerung an das, was einmal war und unwiederbringlich verloren gegangen ist, etwas Wehmut mit, und vieles wird im Rückspiegel idealisiert, so dass das damalige Erleben und das heute Erinnern nicht deckungsgleich sein dürften.*

Gleichwohl habe in der DDR die normative Selbstbindung an gesellschaftliche Gleichheitsziele eine große Rolle gespielt und galt gewissermaßen als *Fortschrittsmaß der sozialistischen Gesellschaft. Die DDR hat zwar nicht die klassenlose Gesellschaft eingeführt, sich aber doch daran gemacht, gravierende materielle Ungleichheiten zu beseitigen.*

Ein Ansatz dazu war die Familienpolitik. Die Ostdeutschen waren ausgemachte Familienmenschen, mit starken Freundschafts- und Familienbanden. Die Familie, die Wohnung, der Freundeskreis waren *Rückzugszonen gegen die Verregelung des sozialen Alltags und die Zudringlichkeit staatlicher Stellen.* Man könnte von einer *Form gelebter Alltagssolidarität* sprechen. *Wo die BRD sowohl sozial als auch in familien- und sozialrechtlicher Hinsicht an das bürgerliche Modell anknüpfte, bezog sich die DDR stärker auf Lebensformen aus dem proletarischen Milieu und dem Kleinbürgertum.* Das offizielle Rollenmodell der ‚sozialistischen Ehe' war das einer von ökonomischen Zwängen befreiten Lebensgemeinschaft. Heiraten war keine große Sache; man tat es ohne *versorgungsrechtliche Beipackzettel.* Ein Großteil der staatlichen Förderung war eher kind- als ehebezogen, was zum Aufweichen rigider Familiennormen führte. Die familienpolitischen Maßnahmen zielten auf eine bessere Vereinbarkeit von Beruf und Familie. Um Ehen mit Kindern zu fördern, gab es Ehedarlehen. Familien wurden bei der Wohnungsvergabe bevorzugt. Die Ganztagsbetreuung von Kindern wurde ausgebaut. Und es gab Mutterschaftsurlaub, Erziehungszeiten, Kindergeld und steuerliche Entlastungen.

Die DDR war sicher kein Mekka unkonventioneller Lebensformen. Es gab offiziell kaum alternative Lebens- und Wohnformen oder gleichgeschlechtliche Beziehungen. Andrerseits war man hinsichtlich der Partnerwahl relativ frei. Sie beschränkte sich weder auf die eigene Einkommensgruppe noch auf die eigene Herkunft oder den sozialen Status. Das hatte vor allem damit zu tun, *dass die ökonomische Abhängigkeit der Frauen von ihren Männern in der DDR viel weniger ausgeprägt war. Das (bürgerliche) westdeutsche Modell des männlichen Alleinverdieners spielte in Ostdeutschland im Grunde keine Rolle. Dass Frauen durch Scheidungen in die Armut abrutschten, war die Ausnahme, das gemeinsame und oft gleichberechtigte Einzahlen in die Haushaltskasse die Regel.*

Bei der Gleichstellung von Mann und Frau ging es vor allem um arbeitsmarktpolitische Interessen, nicht um eine feministisch motivierte Gleichstellungspolitik. Es wurden Arbeitskräfte benötigt. Im Westen löste man dieses Problem durch die Anwerbung ausländischer Arbeitskräfte. Im Osten wurde die Erwerbstätigkeit von Frauen massiv gefördert. Man könnte von einer *Emanzipation von oben* sprechen, auch wenn von einer wirklichen Gleichstellung von Einkommen und Status keine Rede sein konnte. Zwar wurden viele Berufsfelder für Frauen geöffnet, aber in die Spitzenpositionen gelangten nur wenige. Die Machtelite der DDR war nicht nur vergreist, sie war auch männlich dominiert. Aber immerhin waren beispielsweise am Ende der DDR ein Drittel der Volkskammerabgeordneten Frauen (Bundestag 15 Prozent). In der Richterschaft lag ihr Anteil bei 50 Prozent (im Westen 18 Prozent).

Um das Problem der *Doppelbelastung von Frauen* anzugehen, das auch in der DDR virulent war, setzte man schon früh auf den Ausbau staatlicher Betreuungseinrichtungen für Kinder. Es gab monatlich einen bezahlten arbeitsfreien Tag für Frauen. Gleichwohl: *Vieles von dem, was in der DDR unter Gleichberechtigung für Frauen firmierte, lässt sich nicht als Emanzipationsbestrebung im engeren Sinne verstehen, es hatte aber doch zur Folge, dass die DDR-Frauen Männern recht selbstbewusst und ökonomisch unabhängig gegenübertreten konnten, da sich ihre Verhand-*

lungsmacht in Beziehungen verbesserte. Immerhin drei Viertel aller Scheidungen in der DDR wurden von ehemüden Frauen eingereicht, die den Aufbruch zu neuen Ufern wagten.

Der Autor gibt noch zahlreiche Beispiele vom *Alltagsleben in der DDR*, die zeigen, dass die ehemalige DDR sich nicht auf die fünf Buchstaben *Stasi* reduzieren lässt. Er resümiert: *Die Vorstellung, die DDR sei eine vor allem (oder gar ausschließlich) repressive Kommandogesellschaft gewesen, in der es außer Kontrolle, Konformismus und Unterordnung nichts weiter gab und in welcher die staatlichen Agenturen unbegrenzten Zugriff auf alle Aspekte des gesellschaftlichen Lebens hatten, erweist sich als überzogen. Wohl durchdrangen Einschüchterung, Überwachung und Sanktionsdrohungen den Alltag, eine omnipotente Fähigkeit zur affirmativen Menschenführung konnte aber auch der Kontroll- und Sicherheitsapparat der DDR nicht ausbilden, trotz der vielen subtilen und weniger subtilen Versuche, alle auf Linie zu bringen. Ob in der Jugendkultur, in den Datschensiedlungen, bei Festivals, am FKK-Strand oder in der Kleinkunstszene – an vielen Orten spross ein Eigenleben, das man-*

chen westlichen Beobachter (und manchmal sogar uns selbst) überraschte. Vielmehr könnte man von einer Mischung aus Rückzug, Aufbegehren und kreativem Anspruch sprechen.

Zwar schaffte es die DDR nicht, wirtschaftlich mit den westlichen Industrienationen mitzuhalten. Kurz vor dem Ende der DDR lag die Produktivität bei einem Drittel des Westniveaus, der reale Einkommensrückstand bei fünfzig Prozent, die Renten betrugen 30 Prozent der westdeutschen Bezüge. Irgendwann war klar, dass es trotz aller Anstrengungen nicht gelingen würde, den Vorsprung des Westens aufzuholen. Gleichwohl: Im Vergleich zu anderen sozialistischen Ländern ging es den Menschen in der DDR dennoch verhältnismäßig gut. *Die subventionierte Preise, die Versorgung mit Wohnraum und Waren des täglichen Bedarfs, das Niveau des Gesundheitssystems, die öffentliche Bildung machten das Leben erträglich und für viele sogar angenehm. Erst bei den jüngeren Generationen verstärkte sich die Konfrontation mit dem System, weil die ideologische Vereinnahmung misslang und die Phrasenhaftigkeit (,Gesülze') der Mobilisierungsversuche immer deutlicher hervortrat. Außerdem war das Re-*

gime aufgrund der wirtschaftlichen Stagnation nicht länger in der Lage, sich Zustimmung zu ‚erkaufen'. Als sich die Aufstiegskanäle schlossen, der Konsumabstand zum Westen uneinholbar groß wurde und sich endgültig gesellschaftliche Lähmung breitmachte, stieg der Druck auf die Oberen, die formierte Gesellschaft aus ihrem Korsett zu entlassen.

Der Autor beschreibt die Situation im Jahre 1989 so: *Man hoffte auf Reförmchen, auf Schritte der Öffnung und Demokratisierung nach dem Vorbild Gorbatschows, aber an einen drastischen Systemwechsel dachte niemand. Es ging um Reisefreiheit, die Möglichkeit, seine Meinung offen kundzutun, Kritik an den gefälschten Kommunalwahlen 1989, die Demokratisierung der DDR. Diese Kritiken betrafen oberflächlich nur einzelne Aspekte des Systems, rüttelten aber zugleich an seinem Fundament.*

Die aufgestaute Unzufriedenheit führte zu einer Protestbewegung, die innerhalb kürzester Zeit das ganze Land erfasste. Es entstanden zahlreiche kleinere Oppositionsgruppen und Netzwerke, meist unter dem Dach der Kirche, die den *organisatorischen Kern* der Proteste ausmachten. Die Gefühlslage der Teilnehmer schildert Mau wie folgt: *Die Menschen beschreiben bis heute die besondere Stimmung einer verschworenen Gemeinschaft, in der alle sozialen Antennen aufgerichtet und auf Empfang geschaltet waren und man an jeder Stelle spürte, das sich tektonisch etwas verschob. Wir sprechen hier nicht über eine Fußballweltmeisterschaft, die für drei, vier Wochen alle Aufmerksamkeit absorbiert, sondern über das plötzliche Wanken und letztendliche Zusammenbrechen eines gesellschaftlichen Gebäudes, in dem sich viele halbwegs komfortabel eingerichtet hatten. Was die eigentlich risikoaversen DDR-Bürger trieb, war dabei weniger die Lust am Untergang, als vielmehr die Hoffnung auf Veränderung. Das Umschlagen von subjektiver Ohnmacht in kollektive Handlungsmacht hatte etwas Berauschendes – so habe ich es damals empfunden und so muss es vielen, vor allem den Jüngeren gegangen sein.*

Mit den Straßenprotesten wollte man sich vor allem Gehör verschaffen und die Oberen zu Zugeständnissen zwingen. Aber als Mittel der politischen Selbstorganisation oder kollektiven Willensbildung taugten sie nicht. *Wo hätte sie auch herkommen sollen? Die DDR verfügte ja nicht über die Grundausstattung moderner bürgerlichen Gesellschaften, also über eine kritische Öffentlichkeit, freie Me-*

*dien, politische Grundrechte, Gewaltenteilung
etc. An den runden Tischen wurden zwar neue
gesellschaftliche Verhandlungsmodelle erprobt,
in stabile Repräsentationsformen konnten sie
aber nicht überführt werden.*

Das ganze Dilemma zeigte sich dann bei
der letzten Volkskammerwahl im März
1990, der einzigen Wahl der DDR, die demokratischen Grundsätzen entsprach.
Gleichwohl muss man diese Einschätzung
relativieren, da Parteien und Personen auf-
traten, die gar nicht zur Wahl standen. *Auf
den Marktplätzen der DDR kamen die Haupt-
redner aus Westdeutschland. Sie machten sich
für ihre Kandidaten vor Ort stark, die zu reinen
Platzhaltern degradiert wurden und deren politische Inhalte blass blieben. So kann man zwar
im Hinblick auf die formalen Abläufe von freien
Wahlen sprechen, die Standards eines fairen
und offenen Wettbewerbs waren allerdings
nicht erfüllt, da die neuen, unabhängigen Parteien zwischen den aus dem Westen gesteuerten
Wahlplattformen und der nach wie vor finanz-
und mitgliederstarken SED-Nachfolgepartei
PDS förmlich zerrieben wurden. Vor allem das
Wahlbündnis Allianz für Deutschland, beste-
hend aus der ehemaligen Blockpartei CDU, der
neu gegründeten Deutschen Sozialen Union*

(DSU) und dem Demokratischen Aufbruch (DA), sowie die ostdeutsche SPD agierten ohne eigene politische Ideen und ohne elektorales Hinterland letztlich als Auftragnehmer westdeutscher Parteien, die im Osten mit aller Kraft Fuß fassen und sich längerfristig Wählerschaften sichern wollten.

Plastisch schildert der Autor, wie der sog. Wahlkampf verlief. Einen Kandidaten oder eine Kandidatin habe man oft gar nicht zu Gesicht bekommen. Auf diese Weise mutierten die Parteien, die zur Wahl standen, zu *reinen Verführungsagenturen.* Er schlussfolgert: *Selbst wenn man die historische Sondersituation und den Wunsch nach schneller Vereinigung oder zumindest einer raschen Verbesserung der wirtschaftlichen Lage in Rechnung stellt, wurde mit diesem Kapermanöver die gerade aufkeimende DDR-Demokratie schon wieder zertrampelt. Wer die machtvolle und selbstbewusste Demonstration am 4. November 1989 auf dem Berliner Alexanderplatz miterlebt hatte, rieb sich die Augen, was aus den von Fantasie- und Demokratiesehnsucht geprägten Anfängen geworden war.*

Die Wahlen leiteten schließlich einen *Prozess der kollektiven Unterordnung unter die*

Spielregeln der Bonner Politik ein, die sich von nun an gegen weiter gehende Mitsprachebegehren immunisieren konnte. Es handelte sich um eine Form der politischen Demobilisierung politischer Akteure. *Einzig die von der – letztlich doch sehr kraftlosen – Bürgerrechtsbewegung eingebrachte Aufarbeitung der Repressionspraxis der Stasi kann als Mitgift des politischen Umbruchs angesehen werden. Ausgerechnet sie fütterte dann jedoch regelmäßig die in der Bundesrepublik-West dominante Wahrnehmung der DDR als – vor allem – Unrechtsstaat und wurde gern ins Feld geführt, wenn es darum ging, ‚ostalgische Gefühle' zu diskreditieren.*

Die kurze Blüte einer lebendigen Demokratie und ihr abruptes Ende führten dazu, dass mit der Hinwendung zur Hilfe von außen oder oben, sich jene Orientierung erneut festsetzte, die man gerade erst im Begriff gewesen war, abzustreifen. Es ging fortan fast nur noch um das Konsumniveau und die Verbesserung des materiellen Lebensstandards. *Die heilsbringenden Versprechen der Politik (‚blühende Landschaften') taten ihr Übriges, um eine politisch-gesellschaftliche Dynamik der Erwartungen zu erzeugen, die früher oder später enttäuscht werden mussten.*

Resümierend stellt der Autor fest: *Es ist bis heute eine Bürde für die politische Kultur des Landes, dass es nicht gelungen ist, Formen und Foren zu finden, die sowohl das erwachende politische Selbstbewusstsein der DDR-Bürger wahren als auch die Weichen in Richtung Wiedervereinigung hätten stellen können. Der Verlust an sprachfähigen Akteuren, die Desavouierung der alten Eliten, die Handlungsschwäche der neuen politischen Köpfe, der Mangel an finanziellen und organisatorischen Ressourcen, der Professionalisierungsvorsprung westdeutscher Politikakteure, der rapide anschwellende Massenauszug – all das hat dazu beigetragen, dass die Bundesrepublik die Bedingungen der Abwicklung der DDR wie ein Insolvenzverwalter diktieren konnte. Ohne in die Klage über die Entmündigung der Ostdeutschen oder die geraubte Revolution einzustimmen, kann man doch nüchtern festhalten, dass in diesem Übernahmemodus eine Distanz zwischen ‚den Leuten' und ‚dem System' angelegt wurde, die heute noch die Wahrnehmung vieler Ostdeutscher bestimmt.*

Der Einigungsvertrag besiegelte die Abwicklung der DDR; er zielte nicht auf einen Interessenausgleich, sondern kam einer bedingungslosen Kapitulation gleich. Man kam gar nicht auf den Gedanken, nach Bewahrenswertem Ausschau zu halten und Westliches und Östliches zu etwas Neuem zu kombinieren oder Rücksicht auf vorhandene Routinen, Mentalitäten oder lokales Wissen zu nehmen. *Wie bei einem Kopiervorgang wurde die Blaupause West auf den Osten übertragen. Bleiben durfte, so empfanden es zumindest viele Ostdeutsche, der grüne Pfeil für das Rechtsabbiegen an der Ampel.*

Im Westen erzeugte der Zusammenbruch der DDR ein Gefühl der Überlegenheit, ja der Unverwundbarkeit. Man integrierte ihn bruchlos in die eigene Erfolgsgeschichte. Er galt als Beleg für die Stärke des westdeutschen Modells. Der Soziologe Ulrich Beck konstatierte: *In einem sehr konkreten Sinne wird von der Leichenfledderei der DDR, die nun auf Jahre die Öffentlichkeit beschäftigen wird, ein Glanz auf die Bundesrepublik ausgehen.* Die Ostdeutschen wurden von der *Landnahme* des westdeutschen Gesellschaftsmodells mehr und mehr in die Rolle passiver Beobachter gedrängt und zu Zeugen einer *Selbstauslieferung der realsozialistischen Konkursmasse* (Offe) degradiert.

Aus Publikationen der 90er Jahre lässt sich herauslesen, dass Ostdeutsche vor allem als *Mängelwesen* gesehen werden, *sozial pathologisiert* gewissermaßen. Besonders drastisch hat dies der Historiker Arnulf Baring formuliert: *Das Regime hat ein halbes Jahrhundert die Menschen verzwergt, ihre Erziehung und Ausbildung verhunzt. Jeder sollte nur ein hirnloses Rädchen im Getriebe sein, ein willenloser Gehilfe. Ob sich heute einer dort Jurist nennt oder Ökonom, Pädagoge, Psychologe, Soziologe, selbst Arzt oder Ingenieur, das ist völlig egal. Sie haben einfach nichts gelernt, was sie in eine freie Marktwirtschaft einbringen können.*

Die Verständnislosigkeit, mit der sich West- und Ostdeutsche in den 90er Jahren begegneten, wirkt bis heute nach. Sie ist – neben den materiellen Verwerfungen – mit ursächlich für das anhaltende Misstrauen gegenüber den Institutionen und den sie repräsentierenden Macht- und Funktionseliten. Erhebliche Teile der ostdeutschen Bevölkerung stimmten der Aussage zu, die Westdeutschen hätten die DDR im *Kolonialstil* erobert. *Aus ostdeutscher Perspektive kamen die Westdeutschen als Usurpatoren und ,Besserwessis' daher; aus westdeutscher Per-*

spektive fehlte es den ‚Jammerossis' an Umstellungsbereitschaft, Flexibilität und Dankbarkeit.

Jenseits dieser – oft durch Vorurteile geprägten – Wahrnehmungen gibt es vier zentrale Argumente, die für das Verständnis des Einigungsprozesses im Osten eine Rolle gespielt haben dürften: *Erstens, man habe der Beitrittsgesellschaft einfach das komplette institutionelle, politische und rechtliche Korsett übergestülpt; dazu kommen zweitens die Lesart der ‚Liquidation' der soziokulturellen Traditionsbestände sowie drittens die ökonomische Dominanz Westdeutschlands durch die Abwicklung der DDR-Wirtschaft (und hierbei insbesondere das Wirken der Treuhand, das mit seinen Schattenseiten der Korruption und der Bereicherung bisweilen zwielichtiger Investoren bis heute nicht wirklich aufgearbeitet worden ist); viertens die Ostdeutschen hätten ihre politische Handlungsfähigkeit verloren und zusehen müssen, wie die Macht in die Hände westdeutscher Akteure und Institutionen verlagert wurde.* Kurzum: Die ostdeutsche Teilgesellschaft fühlte sich untergebuttert, von wichtigen Entscheidungen ausgeschlossen und zur Hinnahmebereitschaft verdammt.

*

Zwei Aspekte verdienen in diesem Zusammenhang besonderer Beachtung: Da ist einmal das Wirken der Treuhand, das auch schon damals in der Bevölkerung mit großem Unbehagen gesehen wurde. Angesichts des *Ausverkaufs der ostdeutschen Betriebe* wurde sie als *Bad-Bank des Ostens* bezeichnet. Die Privatisierung wurde im Hauruckverfahren vorangetrieben. *Die Treuhandanstalt setzte auf Zerschlagung und Verkauf, nicht auf den Erhalt eigenständiger industrieller Kerne. Als sie Ende 1994 aufgelöst wurde, hatte sie über 14.000 Betriebe und Unternehmensteile verkauft oder kommunalisiert, nur 140 Firmen waren noch übrig. Schocktherapie (statt Gradualismus) hieß das verdächtig klingende Zauberwort, das eine baldige Gesundung in Aussicht stellte. Für die meisten Ostdeutschen bedeutete das jedoch – trotz aller flankierender sozialpolitischer Maßnahmen – vor allem Entsicherung und Statusturbulenzen.*

Es *fand eine schamlose Bereicherung durch diejenigen statt, die sich ohne Skrupel Unternehmen samt Liegenschaften aneigneten und diese dann nach und nach ausweideten, ohne je ernsthaft am Aufbau neuer wirtschaftlicher Strukturen interessiert zu sein. Die Spielräume*

*der Treuhandmanager, nach eigenem Gutdün-
ken Verkaufsentscheidungen zu fällen, waren
recht groß. Vieles blieb im Zwielicht.*

Von den Erwerbstätigen im Jahre 1989 arbeiteten vier Jahre später gut zwei Drittel
nicht mehr im ursprünglichen Beruf, bei
Personen auf höherer Leitungsposition waren es neunzig Prozent. Arbeitslosigkeit
wurde binnen kürzester Zeit zum ostdeutschen Kollektivschicksal. Frauen waren davon noch mehr betroffen als Männer, da sie
in Bereichen arbeiteten, in denen der sog.
Strukturwandel besonders hart zuschlug.

Begleitet wurde das Ganze durch eine Reihe arbeitsmarktpolitischer Maßnahmen, die
für Ostbiographien als typisch gelten können: Vorruhestand, Arbeitsbeschaffungsmaßnahmen, Umschulungen und Kurzar-
beit machten aus ehemaligen Werktätigen
Kostgänger des Sozialstaates, die nun am
Tropf öffentlicher Zuwendungen hingen.
*Nicht umsonst hat man die Ostdeutschen als
‚Pioniere der Prekarität' bezeichnet.* Konkret
dürfte das für viele dann in etwa so ausge-
sehen haben, wie dies in der Schilderung
einer betroffenen Frau zum Ausdruck
kommt:

Ich habe mich über zwanzig Jahre wie im Schleudersitz gefühlt. Einer Perlenkette gleich reihten sich vom Jobcenter verordnete Bewerbungstrainings, Gelegenheitsjobs, Arbeitsbeschaffungsmaßnahmen, reguläre, aber befristete Jobs, Versuche der Selbständigkeit, längere Krankheitsphasen, Aushilfetätigkeiten im Laden einer Bekannten und Solounternehmertum aneinander. Wirklich einen Fuß in die Tür habe ich in all diesen Jahren nicht bekommen. ‚Irgendwann wollte ich nur noch raus. Da wollte ich nur noch in Ruhe gelassen werden'.
Eine Zahnarzthelferin beschreibt ihre Erfahrungen wie folgt: *Die Westdeutschen konnten sich halt besser verkaufen. Das haben wir eigentlich abgelehnt, wenn einer mehr darstellte, als er tatsächlich ist. Ich fand die ersten Westdeutschen, denen ich begegnet bin, immer kalt und berechnend, da war einfach keine Wärme da. Ich glaube, dass dieses Überhebliche einfach zur Marktwirtschaft dazugehört.*

Zwar hat sich in Ostdeutschland seither eine Gruppe von Unternehmern und Selbständigen entwickelt, aber sie ist – wie nicht anders zu erwarten – ökonomisch viel weniger potent als im Westen, weshalb sie auch als Trägergruppe für die Herausbildung einer politischen Kultur kaum in Erscheinung tritt. Wo es in Ostdeutschland heute Unternehmertum gibt, handelt es sich eher selten um größere oder mittelständische Betriebe, sondern viel häufiger um Klein- und Kleinstgewerbe im Handwerk, Handel und Dienstleistungsbereich, also um einen eher kleinteiligen Familienkapitalismus. Den Hauptsitz eines DAX-Konzerns sucht man hier ebenfalls vergeblich.

Einen weiteren Aspekt der sozialen *Entsicherung* stellen die unter der Überschrift ‚Fördern und Fordern' lancierten Arbeitsmarktreformen dar. *Der ‚neue Sozialstaat' mit seiner Ausrichtung auf Aktivierung und Eigenverantwortung stellte individuelle Mängel in den Vordergrund, strukturelle Faktoren wurden ausgeblendet. Einmal mehr fühlten sich die Ostdeutschen als Adressaten einer politisch forcierten Vermarktlichung.* Neue Zumutbarkeitsregeln und Nachweispflichten erhöhten den Druck auf Arbeitslose und setzten sie permanent dem *Stress von Bewährungsproben* aus.

Während ansonsten die gesamte institutionelle Architektur Westdeutschlands auf den Osten übertragen wurde, galt dies für die Arbeitsbeziehungen kaum. Aus Wettbewerbs- und wirtschaftspolitischen Gründen wurde beispielsweise das westdeutsche Tarifmodell zunehmend ausgehöhlt. Die Arbeitgeber durften nach unten hin vom Tarifniveau abweichen. Der Kündigungsschutz wurde gelockert, die Tarifbrüche häuften sich. Während im Westen 51 Prozent der Beschäftigten von Branchentarifverträgen erfasst wurden, waren es im Osten gerade einmal 36 Prozent. Lediglich für ein Drittel der Beschäftigten in der Privatwirtschaft gibt es einen Betriebsrat.

Man nutzte die Osterweiterung offensichtlich für arbeitsmarktpolitische Lockerungsübungen. *Der Osten wurde zur Pionierregion neoliberaler Deregulierung, die nicht nur etablierte Unternehmen anlockte, sondern auch Hasardeure und unlautere Geschäftemacher, die diese Freiräume zu ihrem Vorteil nutzten. Für die Struktur von Arbeitsmarkt und Beschäftigung bedeutete dies, dass sich schlagartig atypische und diskontinuierliche Beschäftigungsformen verbreiteten. Hier findet man die Vorboten der Jobnomaden, Niedriglöhner, Saisonpendlerinnen und Gelegenheitsarbeiter, die heutige*

*Dienstleistungsökonomien allgemein auszeich-
nen.*

Der einst stolze Werftarbeiter füllte nun die
Regale im Supermarkt, andere heuerten
beim Wachschutz oder Gebrauchtwagen-
händler an. Im Osten ist das Segment der
Niedriglohn-Einkommensbezieher mit 31,2
Prozent mehr als doppelt so hoch wie im
Westen (14,7 Prozent). *Es ist daher wenig
überraschend, dass ostdeutsche Bundesländer
nach Bremen zur Gruppe der Regionen mit den
höchsten Armutsgefährdungsquoten gehören.
Dauerhafte Armut (über einen Zeitraum von
fünf Jahren) kommt hier sechsmal so häufig vor
wie in den alten Bundesländern.*

Resümierend lässt sich feststellen: Auch
wenn es Fortschritte bei der Annäherung
der Lebensverhältnisse gegeben hat, beispielsweise die Innenstädte saniert und mit
Shoppingcentern zugepflastert wurden,
auch wenn die Modernisierung der Infra-
struktur, Verbesserungen beim Lebens-
standard und der Wohnsituation zu ver-
zeichnen sind, bleibt Ostdeutschland doch
abgeschlagen. Das mittlere Einkommen
liegt im Osten bei 81 Prozent des Westniveaus, bei der Produktivität erreicht keines

der neuen Bundesländer das Niveau des Saarlands als westdeutschem Schlusslicht. Ostdeutschland kann als *Billiglohnland ohne nennenswerte industrielle Kerne und Großunternehmen* bezeichnet werden und wird auf absehbare Zeit von der Alimentierung durch den Westen abhängig bleiben.

Neben den geschilderten materiellen Verwerfungen ist für die wachsende Unzufriedenheit in Ostdeutschland vor allem auch der Umstand von Bedeutung, dass viele Ostdeutsche sich auf einer symbolischen Ebene verletzt fühlen. Sie finden, dass ihre Biographien nicht gewürdigt, ihre Lebensleistungen nicht anerkannt und ihre Fähigkeiten vernachlässigt werden. Kurzum: sie fühlen sich als Deutsche zweiter Klasse. Der Schriftsteller Durs Grünbein, der aus Dresden stammt, hat diese grundlegende Erfahrung der Wende in einem Essay wie folgt beschrieben:

Der Mensch in den östlichen Bundesländern ist besonders empfindlich, weil er damals in eine besondere Lage geriet. Alles, was er bis eben noch kannte, hatte er aufgeben müssen. Die deutsche Einheit haben viele als Chance, viele als Demütigung ihrer persönlichen Lebensent-

würfe erfahren. Nicht wenige brachte das an den Rand ihrer Existenz. Das Wort Kolonisierung machte, für viele plausibel, in den 90er Jahren die Runde. Wiedervereinigung, Treuhand, Evaluierung der Universitäten, Übernahme volkseigener Betriebe, Medien, Bühnen und Verlagen waren die Stationen eines Niedergangs, über den jeder seinen Roman schreiben könnte. Eines Tages lag die Lufthoheit über den öffentlichen Raum und das Denken bei den anderen – den Schnelleren, Klügeren, Weltgewandteren, Kapitalstarken aus dem Westen des angeblich so einigen Landes. Und plötzlich waren die Ostler (dieselben, die den Umschwung herbeigeführt hatten – zum Teil unter Lebensgefahr, wie wir Demonstranten der ersten Stunde und alle die selbstlosen Bürgerrechtlerinnen und Bürgerrechtler) nur mehr Verschiebungsmasse, neues Wahlvolk, berechenbare Konsumenten.

Es scheint – so auch die Einschätzung des Autors – dass diese Kluft, oder wie er sagt: diese *Frakturen,* so bald nicht überwunden werden. Ja, es besteht gar die Gefahr, dass sie sich noch vertiefen, wenn sie politisch instrumentalisiert werden. Vielleicht wäre es an der Zeit, mehr über das *Leben der Anderen* zu erfahren, statt sich ständig nur in seinen Vorurteilen bestätigt zu fühlen. Dazu aber wären mehr Kenntnisse vonnöten. Das Buch von Steffen Mau trägt dazu bei, dieses Defizit zu verringern. Es wendet sich an eine breite Öffentlichkeit und hat zu Recht viel Aufmerksamkeit gefunden. Es liefert Material für Diskussionen und gibt Anlass zum Nachdenken.

Ästhetik und Politik im Werk
Georg Büchners

Georg Büchner war der erste Schriftsteller, der mich tief beeindruckt hat; erst später kamen Brecht, Kafka und einige andere dazu. Das mag vor allem biographische Ursachen haben. Ich las Büchner zum ersten Mal mit 21 Jahren; just in dem Alter, als dieser seinen *Danton* schrieb. Mit meinem damaligen Deutschlehrer am Hessen-Kolleg, der wie ich aus dem *Arbeitermilieu* kam, diskutierte ich viel über die aktuellen politischen Ereignisse. Es war die Zeit Mitte der 60er Jahre. Uns war klar, dass sich ohne eine grundlegende Veränderung an den restaurativen bundesrepublikanischen Verhältnissen nichts ändern würde. Andrerseits gingen wir davon aus, dass wir uns in keiner *revolutionären Situation* befanden. Ein gewisser resignativer Grundton entsprach durchaus unserer damaligen Stimmung. Nicht, weil wir einem damals modischen *existentialistischen Habitus* frönten; im Gegenteil: es war die *pure Verzweiflung* angesichts der gesellschaftlichen Machtstrukturen, so wie wir sie wahrnahmen; während um uns herum die Studenten, die meist aus (klein)bürgerlichen Verhältnissen kamen, ihr Revolutionsstück aufführten.

Büchners wacher, aber überaus skeptischer Blick auf die Verhältnisse seiner Zeit, das ging unter die Haut. *Wolfgang Hildesheimer* hielt just im Jahre 1966 seine *Büchner-Preis-Rede*, in der er betonte, dass Büchner seinerzeit *steckbrieflich gesucht wurde, weil er sich in seinem Land für soziale Gerechtigkeit eingesetzt hatte.* Und dass der Geist dieser Justiz, die einen Büchner und seine Mitstreiter erbarmungslos verfolgte, noch immer vorherrschte und nach wie vor *furchtbare Juristen* (Hochhuth über Filbinger) ihr Unwesen trieben.

Büchner war eine ganz neue Erfahrung für mich. Er sprach, wie Hildesheimer betont, im Gegensatz zu vielen anderen Dichtern nur über Dinge, *die er verstand:* das Leben der einfachen Leute, der unteren Schichten. Mein Deutschlehrer, der aus dem hessischen Wetteraukreis *Okarben* stammte, vermittelte mir das entsprechende historische Kontextwissen der Büchner-Zeit. Gemeinsam waren wir der Überzeugung: dieser Dichter ist *brandaktuell.*

Mein neuerliches Interesse an Büchner wurde durch ein Buch von *Hans Otto Rößer* geweckt, das sich mit dem *politischen Vermächtnis Büchners* befasst.[1] Rößer hatte bereits 2015 in seinem fulminanten Essay über Büchners *Lenz* darauf hingewiesen, worauf es diesem Autor ankam: *Sich in das Leben des Geringsten zu senken.* Er lässt seinen Lenz sagen: *Man muß die Menschheit lieben, um in das eigentümliche Wesen jedes einzudringen, es darf einem keiner zu gering, keiner zu hässlich sein, erst dann kann man sie verstehen. Ich verlange in allem Leben, Möglichkeit des Daseins, und dann ist's gut; wir haben dann nicht zu fragen, ob es schön, ob es hässlich ist, das Gefühl, dass was geschaffen sei, Leben habe, stehe über diesen beiden, und sei das einzige Kriterium in Kunstsachen.*

Büchners Kritik richtet sich gegen die idealistische Ästhetik Schillers, die in der Aussage gipfelte: *Dieser Idealismus ist die schmählichste Verachtung der menschlichen Natur.*

---

[1] Georg Büchners politisches Vermächtnis, Gießen 2020

Büchner wendet sich gegen die Ausgrenzung bestimmter *Wirklichkeitsbereiche als für die künstlerische Aneignung ungeeignet.* Diese Aussage lässt sich nach Rößer als Plädoyer für eine gesellschaftspolitische Perspektiverweiterung ästhetischer Praxis lesen. Insbesondere Aspekte der Vergesellschaftungsform der beginnenden kapitalistischen Warenproduktion und der damit verbundenen Formen entfremdeter menschlicher Arbeit rücken in den Fokus der Aufmerksamkeit. Damit wird *die quasi geheiligte Grundlage bürgerlicher Existenz, die Arbeit an sich, in Frage gestellt, denn ‚es ist im Arbeiten die Differenz der Begierde und des Genusses gesetzt; dieser ist gehemmt, und aufgeschoben'.*

Rößer hält den letzten Brief Büchners an *Gutzkow* vom Juni 1836 neben dem *Hessischen Landboten* für das *wichtigste Dokument in der Diskussion um Büchners politische Ansichten und ihre Beziehung zu seinem literarischen Werk.* Er habe sich *niemals mehr so grundsätzlich zu strategischen Problemen der Gesellschaftsveränderung* geäußert wie in diesem Brief. Insofern könne dieser durchaus *als politisches Vermächtnis Büchners gel-*

ten. Büchner grenzt sich darin deutlich von Gutzkow ab. Im Brief heißt es:

Uebrigens, um aufrichtig zu sein, Sie und Ihre Freunde scheinen mir nicht grade den klügsten Weg gegangen zu sein. Die Gesellschaft mittels der Idee, von der gebildeten Klasse aus reformiren? Unmöglich! Unsere Zeit ist rein materiell; wären Sie je directer politisch zu Werke gegangen, so wären Sie bald auf den Punkt gekommen, wo die Reform von selbst aufgehört hätte. Sie werden nie über den Riß zwischen der gebildeten und ungebildeten Gesellschaft hinauskommen. Ich habe mich überzeugt, die gebildete und wohlhabende Minorität, so viel Concessionen sie auch von der Gewalt für sich begehrt, wird nie ihr spitzes Verhältniß zur großen Klasse aufgeben wollen. Und die große Klasse selbst? Für die gibt es nur zwei Hebel, materielles Elend und religiöser Fanatismus. Jede Parthei, welche dieße Hebel anzusetzen versteht, wird siegen. Unsre Zeit braucht Eisen und Brod – und dann ein Kreuz oder sonst so was. ‚Ich glaube, man muß' in socialen Dingen von einem absoluten Rechtsgrundsatz ausgehen, ‚die Bildung eines neuen geistigen Lebens im Volk suchen' und die abgelebte moderne Gesellschaft zum Teufel gehen lassen.

Mit seinem Hinweis, *in socialen Dingen von einem absoluten Rechtsgrundsatz* auszugehen, geht es Büchner darum, die *Verwirklichungsbedingungen für diesen ‚Rechtsgrundsatz' zu ermitteln, ihn aus dem Sollen in die erlebte Realität der Menschen zu überführen.* Damit wird die häufig abstrakt geführte Menschenrechtsdebatte, so Rößer, um einen entscheidenden Aspekt erweitert: um die *sozialen Anspruchsrechte* der armen Bevölkerung.

Allein in menschenwürdigen Verhältnissen, die den Armen politische Partizipationsrechte und ein Minimum an materiellen Ressourcen und sozialer Sicherheit gewährleisten, konnte aus ihrer Sicht die Menschenwürde verwirklicht werden. Damit Kants kategorischer Imperativ für die Armen handlungsrelevant werden konnte, musste ein anderer ‚kategorischer Imperativ' verwirklicht werden, nämlich der, ‚alle Verhältnisse umzuwerfen, in denen der Mensch ein erniedrigtes, ein geknechtetes, ein verlassenes, ein verächtliches Wesen ist'.

Büchner erteilt der Ansicht Gutzkows, *die Gesellschaft mittels der Idee, von der gebildeten Klasse aus* zu reformieren, eine klare Absage. Nach seiner Auffassung ist der *Riß zwi-*

schen der gebildeten und ungebildeten Gesellschaft auf diese Weise nicht zu überbrücken. Gegen die Gutzkowsche Reformillusion steht die Aufforderung Büchners, *die Bildung eines neuen geistigen Lebens im Volk (zu) suchen.* Spuren dessen lassen sich nach Rößer in den *Volksdarstellungen* in Büchners literarischen Werken finden; vorzugsweise im *Woyzeck* und in *Dantons Tod.* Rößer schreibt:

Die heuristische Rückwendung der Aufforderung Büchners auf seine eigenen Texte hat das Potenzial, an ihnen neue, bislang unbeachtete oder zumindest nicht im Fokus der literaturwissenschaftlichen Arbeit stehende Dimensionen freizulegen und diskutierbar zu machen und damit die Komplexität und ästhetische Qualität dieser Werke erneut unter Beweis zu stellen.

Während Gutzkow vor allem für das *deutsche Bildungsbürgertum* schreibt und betont: *Für die Massen schreib' ich nicht. Mein Stil und meine Bildung entfremden mich der Durchschnittsintelligenz,* fordert Büchner von seiner Dichterfigur *Lenz, sich in das Leben der Geringsten zu versenken* und es *in den Zuckungen, den Andeutungen, dem ganzen feinen, kaum bemerkten Mienenspiel ‚wiederzu-*

geben'. Das entspricht der Fähigkeit, über die Büchner selbst verfügt: *genaue Menschenbeobachtung,* verbunden *mit der Achtung der dargestellten ‚Geringsten' und der Sympathie für sie.* Rößer betont: *Empathie und Sympathie haben für ihn nicht nur eine lebensweltliche, eine moralische Bedeutung, sondern zugleich eine ästhetische. Das unterscheidet seinen Blick auf die Geringsten und das Geringste von der ‚Kaltblütigkeit',* mit der die oberen Schichten der Gesellschaft auf die Unteren herabschauen. Dagegen entspringt die Achtung, die Büchner ihnen entgegenbringt, *keiner Sentimentalität und auch keiner nur moralischen Forderung, sondern vor allem den Spuren der Selbstbehauptung und Widerständigkeit, die er seinen Figuren zuschreibt.*

Rößer unterzieht die beiden Imperative – *in sozialen Dingen von einem absoluten Rechtsgrundsatz auszugehen* und *die Bildung eines neuen geistigen Lebens im Volk zu suchen* - einer eingehenden und überaus differenzierten Analyse. Er weist darauf hin, *wie sich Figuren in Büchners Werk mit den ‚Zumutungen' von oben, mit den Versuchen, disziplinierend in ihr Leben einzugreifen, auseinandersetzen, ihnen begegnen und sie abwehren. Die Orientierungen von oben werden als unverträglich* mit den eigenen Lebensinteressen erkannt und entweder offensiv entlarvt und zurückgewiesen oder subversiv ins Leere laufen lassen und umfunktioniert. Als Beispiele nennt er u.a. Woyzecks Reaktion auf die Tugendpredigt des Hauptmanns: *Sehn Sie wir gemeinen Leut, das hat keine Tugend, es kommt einem nur so die Natur, aber wenn ich ein Herr wär und hätt ein Hut und eine Uhr und en anglaise und könnt vornehm reden, ich wollt schon tugendhaft seyn. Es muß was Schöns seyn um die Tugend, Herr Hauptmann. Aber ich bin ein armer Kerl.*

Rößer sieht darin *Spuren eines neuen geistigen Lebens* ebenso wie in der *Schlagfertigkeit* und dem *Situationswitz*, die von den *Figuren aus dem Volk* beherrscht werden; es sind für ihn *Meisterstücke schlagfertiger Eloquenz*, die von einem *reichhaltigen einschlägigen Wortschatz* zeugen.
Darüber hinaus sind es die *moralischen Orientierungen* der Unteren, die auf Spuren eines neuen geistigen Lebens verweisen.

Es sind Weisen der Zugewandtheit, des Sich-Kümmerns um den anderen, Weisen dessen, was heute ‚Care-Arbeit' genannt wird und was zur Elementarform von Solidarität werden könnte. Verhaltensweisen wie *Mitleid, Zuwendung und Hilfsbereitschaft* zeugen in Büchners Werken von einer *materialistischen Verankerung und Einbindung moralischer oder moralnaher Orientierungen in die Not wendenden Handlungen der Unteren.*

Daraus jedoch eine Nähe Büchners zur Religion ableiten zu wollen, weist der Autor entschieden zurück. Im Gegenteil:

Während die Vertreter der Oberen die christlichen Werte zynisch zur Demütigung oder zu pseudomoralischen Entsagungspredigten instrumentalisieren, findet Büchner bei den Angehörigen der ,großen Klasse' solche Verhaltensweisen, die als Keimformen der Solidarität dann politischen Relevanz bekommen können, wenn sie entwickelt, bewusst gemacht und habituell verfestigt werden, und die ihr Verallgemeinerungspotential dann entfalten, wenn es gelingt, die gesellschaftlichen Kooperationen aus der Dominanz von Privatinteressen zu befreien.

Die Rede von *Keimformen* und *Spuren neuen geistigen Lebens* deutet darauf hin, dass Büchner sich der *Grenzen der Aufklärung* durchaus bewusst ist. *Empörungsabfuhr und momenthafte Wutentfaltung an die Stelle des langwierigen Kampfes um die Durchsetzung von Interessen* relativieren die Wirksamkeit derartiger Handlungen.

Dass Büchner diese Grenze bewusst macht, unterscheidet ihn von bürgerlichen Aufklärern. Er rechnet mit Situationen, wo rationale Situationsanalysen, selbst wenn sie mit suggestiver Metaphorik befeuert werden, ihre Adressaten nicht mehr erreichen. Von Anzeichen eines ,neuen geistigen Lebens' kann dann im Blick auf solche ,Transformationsprozesse' immer nur die Rede sein, wenn man zugleich ihre Blockaden in Betracht zieht. Die Spuren können ,zu Hoffnung' berechtigen, in ihren Formen der Verwicklung und Einbindung in Herrschaftsverhältnisse jedoch auch Grund zur ,Verzweiflung' geben.

Büchner hatte es zu seiner Zeit mit *miserablen sozialen Verhältnissen zu tun.* Daher führte seine *Spurensuche* zu *mikroskopisch kleinen Befunden.* Es war eine *Suche nach den Elementen der gesellschaftlichen Wirklichkeit, die zum über diese Wirklichkeit hinausweisenden ,Gedanken' drängen. Das unterscheidet ihn von Utopisten und Projektmachern, die im ,Volk' ein weißes Blatt sehen, worauf sie ihre wunderschönen Zukunftszeichen auftragen können.*

Büchner sieht dagegen in den Unteren *Sub-jekte mit der Fähigkeit zur Aneignung und kollektiven Veränderung ihrer Lebensbedingungen*, konkretisiert in der Entwicklung ihres ,geistigen Lebens', *ihrer Subjektivität*. Niemand anderes als die Unteren selbst sind es, die ihre Verhältnisse verändern können. Dazu müssen Elemente der ,*Bildung eines neuen geistigen Lebens*' mit denen ,politischer Bildung' zusammenkommen – *vermittelt durch und als Momente eingreifender sozialer und politischer Praxis.*

Ich lese daraufhin *Dantons Tod*, den *Lenz*, *Leonce und Lena* und *Woyzeck* noch einmal. Unbegreiflich, wie ein Einundzwanzigjähriger ein solches Werk schreiben konnte. Es enthält alles: existentialistische Anklänge; Religionskritik; Einsicht in politische Handlungslogiken; eine Absage an Aufklärungsillusionen und Romantik; Ironie vom Feinsten und viel ,Realismus' über die ,Vernunft des Volkes' und den Lauf der Geschichte. Seine Themen: *Schöpfung; Liebe; Leiden; Melancholie; Langeweile; Leere; Zeit; Angst;* – sind die der großen Literatur. Vor allem finden sie sich bei *Shakespeare* - wohl das dichterische Ideal Büchners. *Wie* Büchner diese Themen variiert und in teilweise surreale Formulierungen fasst, das ist singulär und in hohem Maße kunstvoll.

*

Einige Zitate sollen als *Anregung* dienen, seine Werke einmal wieder zu lesen:

Aus **Dantons Tod:**

Aber die Zeit verliert uns. Das ist sehr langweilig, immer das Hemd zuerst und dann die Hosen drüber zu ziehen und des Abends ins Bett und morgens wieder heraus zu kriechen und einen Fuß immer so vor den anderen zu setzen; da ist gar kein Absehen, wie es anders werden soll. Das ist sehr traurig, und dass Millionen es schon so gemacht haben, und dass Millionen es wieder so machen werden, und dass wir noch obendrein aus zwei Hälften bestehen, die beide das nämliche tun, so dass alles doppelt geschieht – das ist sehr traurig. Als Camille darauf meint, er spräche *in einem ganz kindlichen Ton,* antwortet Danton ganz lapidar: *Sterbende werden oft kindisch.*

Vor dem Revolutionstribunal stehend, das ihn verurteilen wird, sagt er:

Übrigens, was liegt mir an euch und eurem Urteil? Ich hab es euch schon gesagt: das Nichts wird bald mein Asyl sein; - das Leben ist mir zur Last, man mag mir es entreißen, ich sehne mich danach, es abzuschütteln… Die Welt ist das Chaos. Das Nichts ist der zu gebärende Weltgeist.

Im **Lenz** antwortet der von *Angst* besessene Dichter dem *Pfarrer Oberlin:*

Ja, Herr Pfarrer, sehen Sie, die Langeweile! Die Langeweile! O, so langweilig! Ich weiß gar nicht mehr, was ich sagen soll; ich habe schon allerlei Figuren an die Wand gezeichnet. Als Oberlin ihn auffordert, *sich zu Gott zu wenden,* meint Lenz nur: *Ja, wenn ich so glücklich wäre wie Sie, einen so behaglichen Zeitvertreib aufzufinden, ja, man könnte sich die Zeit schon so ausfüllen. Alles aus Müßiggang. Denn die meisten beten aus Langeweile, die andern verlieben sich aus Langeweile, die dritten sind tugendhaft; die vierten lasterhaft, und ich gar nichts, gar nichts, ich mag mich nicht einmal umbringen; es ist zu langweilig!*

Etwas später heißt es: *Hören Sie denn nichts? Hören Sie denn nicht die entsetzliche Stimme,* die um den ganzen Horizont schreibt und die man gewöhnlich die Stille heißt?

Und der Schluss lautet: *Er tat alles, wie es die andern taten; es war aber eine entsetzliche Leere in ihm, er fühlte keine Angst mehr, kein Verlangen, sein Dasein war ihm eine notwendige Last… So lebte er hin…*

Aus **Leonce und Lena**:

Dass die Wolken schon seit drei Wochen von Westen nach Osten ziehen. Es macht mich ganz melancholisch. In einem seiner *Monologe* sagt Leonce: *Mein Leben gähnt mich an wie ein großer weißer Bogen Papier, den ich vollschreiben soll, aber ich bringe keinen Buchstaben heraus. Mein Kopf ist ein leerer Tanzsaal, einige verwelkte Rosen und zerknitterte Bänder auf dem Boden, geborstene Violinen in der Ecke, die letzten Tänzer haben die Masken abgenommen und sehen mit todmüden Augen einander an. Ich stülpe mich jeden Tag vierundzwanzigmal herum wie einen Handschuh. O, ich kenne mich, ich weiß, was ich in einer Viertelstunde, was ich in acht Tagen, was ich in einem Jahre denken und träumen werde. Gott, was habe ich denn verbrochen, dass du mich wie einen Schulbuben meine Lektion so oft hersagen lässt?*

Lena über Leonce:

Er war so alt unter seinen blonden Locken. Den Frühling auf den Wangen und den Winter im Herzen! Das ist traurig. Der müde Leib findet sein Schlafkissen überall, doch wenn der Geist müd ist, wo soll er ruhen? Es kommt mir ein entsetzlicher Gedanke: ich glaube, es gibt Menschen, die unglücklich sind, unheilbar, bloß weil sie s i n d.

Leonce, Lena und Valerio:

Wollen wir ein Theater bauen? Ich weiß besser, was du willst; wir lassen alle Uhren verschlagen, alle Kalender verbieten und zählen Stunden und Monden nur nach der Blumenuhr, nur nach Blüte und Frucht. Und dann umstellen wir das Ländchen mit Brennspiegeln, dass es keinen Winter mehr gibt und wir uns im Sommer bis Ischia und Capri hinaufdestillieren, und das ganze Jahr zwischen Rosen und Veilchen, zwischen Orangen und Lorbeer stecken.

Und ich werde Staatsminister, und es wird ein Dekret erlassen, dass, wer sich Schwielen in die Hände schafft, unter Kuratel gestellt wird; dass, wer sich krank arbeitet, kriminalistisch strafbar ist; dass jeder, der sich rühmt, sein Brot im

Schweiße seines Angesichts zu essen, für verrückt und der menschlichen Gesellschaft gefährlich erklärt wird; und dann legen wir uns in den Schatten und bitten Gott um Makkaroni, Melonen und Feigen, um musikalische Kehlen, klassische Leiber und eine commode Religion!

Woyzeck entlarvt die *herrschende Moral* auf denkbar knappste Weise:

Wir arme Leut – Sehn Sie, Herr Hauptmann: Geld, Geld! Wer kein Geld hat – Da setz einmal eines seinesgleichen auf die Moral in die Welt! Man hat doch auch sein Fleisch und Blut. Unsereins ist doch einmal unselig, in der und der andern Welt. Ich glaub, wenn wir in Himmel kämen, so müssten wir donnern helfen…
Es muss was Schönes sein um die Tugend, Herr Hauptmann. Aber ich bin ein armer Kerl!

Fazit:

Büchner verknüpft seine *ästhetischen Ansprüche* auf nahezu ideale Weise mit seinen *politischen Anliegen*. Diese gelungene Synthese aus *Politik und Ästhetik* ist wohl nur möglich, weil er über eine ausgeprägte *soziale Empathie* verfügt, sich in das *Leiden der Geringsten* hinein zu versetzen.

Die Versuchung der Einsamkeit

Viel ist im Moment von der Einsamkeit die Rede, die sich angeblich wie eine Epidemie durch unsere Gesellschaft zieht. Einsamkeit sei oft tödlich, aber sie ist so viel schwerer zu greifen als andere Leiden. Man schätzt, dass etwa 20 Prozent der Älteren sich hierzulande isoliert fühlen; aber auch 10 bis 15 Prozent der Jüngeren. In all diesen Fällen ist Einsamkeit so etwas wie eine *soziale Krankheit*.

Aber es gibt auch Menschen, die der Einsamkeit positive Eigenschaften zuschreiben: etwa *Künstler* oder *Gläubige*. Für sie ist Einsamkeit eine Lebensform, die ihrem Anliegen zugutekommt. Es gibt also unterschiedliche Formen der Einsamkeit: die durch äußere Zwänge herbeigeführte und die selbst gewählte.
Dies soll im Folgenden am Beispiel einiger literarischer Texte gezeigt werden. Es geht dabei um den *Heiligen Antonius* von *Gustave Flaubert*; den *Anton Reiser* von *Karl Philipp Moritz*, *Hermann Hesses Gertrud* und den namenlosen Dichter aus meinem Roman *Das Haus des Dichters*.

*

In meinem Roman verliert der Protagonist
seine Arbeit und zieht sich daraufhin aus
der Gesellschaft zurück; aus Scham, aber
auch, um ein neues Leben zu beginnen.
Sein Alltag ist nicht länger von Routinen
und Zwängen bestimmt. Zum ersten Mal in
seinem Leben ist er auf sich selbst verwie-
sen.

*Als ich meine Arbeit verlor, war von einem Tag
auf den anderen alles anders. Ich hatte plötzlich
Zeit und musste mir meinen Tag selbst gestalten. Das sagt sich so leicht. Ich hatte nie darüber nachgedacht, was man gemeinhin den Sinn
des Lebens nennt. Bisher war ich ganz einfach
in der Welt unterwegs gewesen und machte mir
keine Gedanken, wie es anders hätte sein können. Ich war mit allen möglichen Dingen beschäftigt. Zum Nachdenken blieb nicht viel
Zeit. Jetzt hatte ich Zeit im Überfluss. Aber sie
war ganz leer. Wie sollte ich sie ausfüllen? Je
mehr ich nachdachte, desto stärker spürte ich,
da war nichts. All die angepriesenen Sinnbe-
schaffungsprogramme – zum Beispiel die vielen
Reise- und Freizeitangebote – ich hatte dafür
keine Mittel, sie kamen für mich nicht infrage.
Also beschäftigte ich mich nicht näher mit ih-*

nen. Es war nicht das, was ich suchte. Meine Hauptbeschäftigung bestand zu dieser Zeit darin, ziellos umherzulaufen. Irgendwo hatte ich gelesen, das Gehen sei ein Ins-Leben-Kommen; aber mir wollte sich das sogenannte Leben nicht zeigen. Ich fand keinen Ansatzpunkt, um etwas Sinnvolles zu beginnen. Allmählich breitete sich eine namenlose Angst in mir aus, diese Königin aller Stimmungen. Ich war kurz davor zu resignieren. Andrerseits begriff ich, dass ich mich dagegen stemmen musste, wollte ich nicht sang- und klanglos untergehen.

Er beschließt, die Stadt, in der er bisher gelebt hat, zu verlassen und sich an den Rand eines kleinen Dorfes zurückzuziehen. Von den Dörflern hält er sich fern. Er lebt völlig für sich allein. Er möchte all das nachholen, was er in seinem bisherigen Leben versäumt hat oder was ihm versperrt war. Zunächst nimmt er seine neue Umgebung unter die Lupe; macht nie gekannte Naturerfahrungen und hält sich immer wieder an seinen *poetischen Orten* auf, wo er innehält und über sein Leben nachdenkt. Er beginnt, sich all die Eindrücke und Gedanken, die ihn inspirieren, zu notieren.

Einmal im Monat fährt er in die Stadt und versorgt sich in einem Antiquariat mit Büchern. Alles, was er fortan liest, saugt er förmlich in sich auf. Und als er selbst zu schreiben beginnt, wird ihm die Literatur zur Passion, die ihm eine neue Identität verschafft. Er lebt jetzt intensiver als je zuvor. Alles, was er bei seinen Spaziergängen oder durch seine Bücher erfährt, ist ihm eine Entdeckung, die ihn anspornt und das Leben bereichert. Er leidet nicht mehr unter seiner Einsamkeit; im Gegenteil: Schon als Kind hatte er sich ein Robinsondasein gewünscht.

Dass ich tatsächlich eines Tages wie ein Einsiedler leben würde, hätte ich mir damals nicht träumen lassen. Mittlerweile habe ich mich mit meinem Eremitentum versöhnt. Ich fühle mich in meiner Abgeschiedenheit keineswegs als Reinkarnation des Heiligen Antonius, der allen weltlichen Versuchungen getrotzt hat: vielmehr versuche ich ganz einfach, mir ein Dasein mit den Möglichkeiten und Bedeutungen zu schaffen, die meine Mittel mir gestatten.

Ich habe die Phase, in der ich Gefahr lief, in Selbstmitleid zu zerfließen, überwunden. Ich habe erkannt: Die Einsamkeit gibt mir die Mög-

lichkeit, mich an den einfachen Dingen zu erfreuen. Den frühen Morgen. Den Sonnenaufgang. Den Gesang der Vögel. Die Blumen in all ihren Facetten. Die Kostbarkeit der Steine, wenn wir sie in die Hand nehmen und geduldig betrachten. Ist das etwa nichts, sage ich mir dann, wenn ich wieder einmal daran erinnert werde, dass ich ansonsten nichts besitze.

In seiner Zurückgezogenheit gelingt es ihm, seinem Leben einen neuen Sinn zu verleihen, und er bedauert diejenigen, die diese Erfahrung nicht kennen:

Es macht mich wehmütig, daran zu denken, dass ein derartiges Empfinden und Erleben womöglich aus der Welt zu verschwinden droht: dieses Gefühl für die Poesie des Daseins. Mittlerweile scheint mir, dass die einzige Möglichkeit, wirkliche Freiheit zu erlangen, die selbstgewählte Einsamkeit ist. Und seit ich zu dieser Einsicht gekommen bin, habe ich kaum noch unter meiner Einsamkeit gelitten. Im Gegenteil: Sie scheint mir jetzt eine notwendige Bedingung dafür zu sein, dass ich meinen eigenen Weg finde. Die Gesellschaft anderer würde mich nur ablenken.

*

Anders verhält es sich im Fall des *Anton Reiser*. Dieser versucht zeitlebens, den ihm gebührenden Platz in der Gesellschaft zu finden. Fast immer wird er zurückgewiesen, verhöhnt, diskriminiert. Trotz aller Anstrengungen, die er unternimmt, bleibt ihm die gesellschaftliche Anerkennung, nach der er buchstäblich hungert, verwehrt. Er leidet unter seiner Vereinsamung, einer von seiner Umwelt erzwungenen. Schon seine Kindheit ist von einem Mangel an Wärme, Liebe und Geborgenheit gekennzeichnet gewesen. Durch seine pietistische Erziehung entwickelt Reiser einen fast krankhaften Hang zur Selbstbeobachtung. Ständig sieht er sich durch die Brille der Anderen und neigt dazu, deren Urteil zu übernehmen. Um der tristen Realität mit ihren ständigen Demütigungen zu entkommen, zieht R. sich zeitweise von allem zurück. Er hängt seinen Träumen und Phantasien nach, um sich auf diese Weise zumindest ein Mindestmaß an Entlastung und Selbstvergewisserung zu verschaffen.

Die äußeren Zwänge werden von Reiser in gewisser Weise internalisiert und als per-

sönliche Schwäche erlebt; daher seine Ver-
letzlichkeit und das Übermaß an Sensibilität, das er entwickelt. Die Flucht in die Einsamkeit hat rein kompensatorische Funktionen. Sie sind kein Ersatz für ein Leben in
der Gemeinschaft Gleichgesinnter, nach
dem er sich sehnt. Sein zeitweiliges Ein-
samkeitsverlangen und die Sehnsucht nach
einem Einsiedlerdasein haben eine reine
Schutzfunktion. Es sind Phasen, in denen er
versucht, seine ständigen Selbstzweifel zu
überwinden. An einer Stelle heißt es:

*Dieser einsame Spaziergang war es, welcher
Reisers Selbstgefühl erhöhte, seinen Gesichts-
kreis erweiterte, und ihm eine anschauliche
Vorstellung von seinem eignen wahren, isolier-
ten Dasein gab; das bei ihm auf eine Zeitlang an
keine Verhältnisse mehr geknüpft war, sondern
in sich und für sich bestand .-
Indem er einen Blick auf das Ganze des menschlichen Lebens warf, lernte er zuerst das Große
im Leben von dessen Detail unterscheiden.
Alles was ihn gekränkt hatte, schien ihm klein,
unbedeutend, und nicht der Mühe des Nach-
denkens wert. –*

Anton Reiser zieht sich immer dann von allem zurück, wenn er das Übermaß an Igno-

ranz, das er erfährt, nicht länger ertragen kann. Aber es sind nur vorübergehende Phasen in seinem Leben, das von einem ständigen Auf und Ab geprägt ist. Die vielen Rückschläge und Niederlagen werden durch kleinere Erfolgserlebnisse unterbrochen, die ihn immer wieder hoffen lassen, irgendwo Anschluss zu finden. Es sind die engen gesellschaftlichen Normen und Standesgrenzen, die seinen sozialen Aufstieg verhindern und ihn in die Isolierung treiben. Aber er ist für die Einsamkeit nicht geschaffen. Reiser hat immer wieder versucht, sich gegen seine gesellschaftliche Isolierung zu wehren und nie aufgehört, sich nach einem Leben in der Gemeinschaft zu sehnen. Ständig sinnt er darüber nach, welchen Weg er einschlagen könnte, um sich in der Gesellschaft zu behaupten. Er widmet sich der Dichtkunst zu, spielt Theater, geht auf Wanderschaft u.a.m. Er durchlebt die *Wonne des Denkens* und *die Leiden der Poesie* und erfährt durch sie eine zeitweilige Befreiung von der Mühsal seines Daseins. Die Phasen des Rückzugs bleiben Episoden; es sind nur Übergänge zu einem erneuten Bemühen, in der Gesellschaft anzukommen. Man kann auch sagen: er führt einen lebenslangen, verzweifelten *Kampf um An-*

erkennung (Hegel). Er führt seinen zermürbenden Kampf weiter, wohl wissend, dass er ihn nicht gewinnen kann.

In solchen Situationen wird ihm die *einsamste Wüste wünschenswert – und da ihn endlich auch in dieser die tödliche Langeweile quälte, so blieb das Grab sein letzter Wunsch – und weil er nun nicht einsah, warum er sich die Jahre seines Lebens hindurch, in der Welt von allen Seiten hatte müssen drücken, stoßen, und wegdrängen lassen, so zweifelte er endlich an einer vernünftigen Ursach seines Daseins – sein Dasein schien ihm ein Werk des schrecklichen blinden Ohngefährs. –*

Für Anton Reiser trifft zu, was *Thomas Mann* seinem *Adrian Leverkühn* im *Doktor Faustus* ins Stammbuch schrieb: *Einige gehen mit Notwendigkeit in die Irre.*

*

Der *Heilige Antonius* zieht sich aus der Welt in die Einsiedelei zurück, um Buße zu tun. Er führt ein asketisches Leben; frei von allen Verführungen des Weltlichen. Er hofft auf diese Weise zur Erkenntnis der letzten Dinge des Universums zu gelangen. Je intensiver er sich bemüht, desto stärker werden seine Zweifel. Flaubert lässt, als würde er ein Gemälde von Bruegel interpretieren, alle denkbaren Todsünden aufmarschieren, um den Heiligen in Versuchung zu führen und von seinem Weg abzubringen. Phantasmen aller Art versetzen ihn in Angst und Schrecken. Immer wieder holt ihn die Vergangenheit ein.

Früher war das Alleinsein erträglicher gewesen, die Arbeit nicht so mühsam, der Fluss nicht so weit entfernt. Noch früher war die Zeit der Jugend gewesen, die Mädchen am Brunnen, die Zeit des Abschieds von der Welt, die Zeit der Gefährten, des Lieblingsschülers.

Seine Erinnerungen erscheinen immer wieder als verdrängte Wünsche, Begierden und Phantasien, so sehr er sich auch dagegen auflehnt. In seinem scharfsinnigen Nachwort schreibt *Michel Foucault:*

Der heilige Antonius hatte sich in die Einsamkeit der Muße zurückgezogen. Jegliche Anwesenheit war beseitigt worden: Alle sichtbaren Formen waren verbannt worden, aber sie waren mit Macht zurückgekehrt und hatten den Heiligen – durch ihre Nähe wie durch ihre Ferne –

auf die Probe gestellt: sie umgaben ihn, schlossen ihn ringsum ein, aber sobald er die Hand nach ihnen ausstreckte, waren sie zerstoben.

Der Heilige träumt davon, ein *Blitz der Wahrheit* möge ihn erfassen und ihm die Geheimnisse des Universums in all ihren Erscheinungsformen erschließen:

Die gespenstische Vergangenheit des Orients sowie die gesamte Kultur Europas: das Mittelalter mit seiner Theologie, die Renaissance mit ihrer Gelehrsamkeit, die Neuzeit mit ihrer Wissenschaft von der Welt und dem Lebendigen. Wie eine nächtliche Sonne wandert die Versuchung von Osten nach Westen, von der Begierde zum Wissen, von der Phantasie zur Wahrheit, von den ältesten Sehnsüchten zu den Bestimmungen der modernen Wissenschaft.

Als ihm im Traum sein Lieblingsschüler *Hilarion* erscheint, ist ausgerechnet der es, der Antonius auf die Fragwürdigkeit seines Unterfangens hinweist und seinem ehemaligen Meister den Spiegel vorhält:

Heuchler, der sich in die Einsamkeit vergräbt, um desto ungestörter seine Triebe zu befriedigen! Du verzichtest auf Fleisch, Wein, Bäder,

Sklaven, Ehrungen; aber in deiner Phantasie berauschst du dich an Gelagen, Parfums, nackten Frauen und jubelnden Mengen! Deine Keuschheit ist nur eine subtilere Art des Lasters, und deine Weltverachtung nur die Ohnmacht deines Hasses auf sie! Darum seid ihr alle so verfinstert, oder auch, weil ihr zweifelt. Wer in der Wahrheit ist, ist fröhlich. War Jesus traurig? Er war von Freunden umgeben, ruhte im Schatten des Ölbaums, ging zu dem Zöllner, verwandelte Wasser in Wein, vergab der Sünderin, heilte die Leiden. Du hast nur Mitleid für dein eigenes Elend. Es ist, als ob Gewissensqualen und eine Art rasenden Wahnsinns dich alles, auch die Zärtlichkeit eines Hundes oder das Lächeln eines Kindes, zurückweisen ließen.

Der Versuch, allem Weltlichen zu entsagen, um Buße zu tun und zum wahren Glauben zu finden, mündet in wahnhaften Phantasmen, denen Antonius nur unter Aufbietung aller Kräfte entkommt. Es scheint, dass der Heilige seine Unschuld nicht wiedererlangen kann, weil er ein früheres Leben gekannt hat. Man könnte auch sagen: er weiß zu viel vom Leben draußen, und dieses Wissen lässt ihn nicht los. *Ich habe soviel gedacht, dass ich nichts mehr sagen kann.* Was bleibt, ist eine große Ratlosigkeit und die Einsicht in die Vergeblichkeit aller Versuche, die Geheimnisse des Lebens und der Welt zu entschlüsseln:

Nie wirst du das Universum in seinem ganzen Ausmaß begreifen: deshalb kannst du nichts über seine Entstehung wissen, dir keinen wirklichen Begriff von Gott machen, nicht einmal von der Unendlichkeit des Universums reden – zuvor müsstest du die Unendlichkeit kennen!

Der heilige Antonius erkennt schließlich die Vergeblichkeit seines Tuns. Als alter Mann sitzt er auf der Schwelle seiner Hütte und schließt die Augen.

Wieder ein Tag! ein Tag vergangen! Früher war ich doch nicht so elend! Noch vor Tagesanbruch begann ich zu beten; dann ging ich zum Fluß hinunter, um Wasser zu holen, ich stieg den steilen Pfad wieder hinauf, den Schlauch auf der Schulter, und sang Hymnen. Fröhlich räumte ich meine Hütte auf. Ich nahm mein Werkzeug; ich bemühte mich, die Matten schön gleichmäßig und die Körbe leicht zu machen; denn auch das kleinste, was ich tat, bedeutete mir damals eine Pflicht, die nichts Bedrückendes hatte.

Als er wieder einmal träumt, wünscht er sich, sein ganzes Dasein wäre ein lang anhaltender Schlaf, und würde er daraus erwachen, fände er seine Unschuld wieder, und alles um ihn herum erstrahlte im Glanz der Sterne. Aber es bleibt nur ein Traum. Als er erwacht, wird ihm bewusst, dass er scheitern musste, weil das Unendliche – sei es nun Gott oder das Universum – sich begrifflich nicht fassen lässt. Wir können keine Vorstellung davon haben.

Er sinniert über *die Illusion des Lebens* und ruft verzweifelt aus: *Diese Einsamkeit! Diese Öde! Dieses Elend! Soll das immer so bleiben! Der Tod wäre mir lieber! Ich kann nicht mehr! Genug! Genug!*
Er verbraucht seine letzten Kräfte, um den Versuchungen, denen er ausgesetzt ist, zu widerstehen. Seine Zweifel an allem sind größer denn je, und er begreift, dass er im Diesseits keinen Trost finden wird. Ihm wird bewusst, *dass ihn ein ungeheures Schweigen von der Welt trennt.*

*

Für viele scheint es keinen Weg aus ihrer Einsamkeit zu geben. Sie richten sich darin ein und verstärken gerade dadurch ihr Leid. Der Protagonist in *Hermann Hesses* Roman *Gertrud* ist so ein Fall. Mehr zufällig trifft er eines Tages auf seinen alten Lehrer, einen Theosophen, dem er stets mit einer gewissen Distanz begegnet war. Als dieser sich nach seinem Befinden erkundigt, klagt er ihm sein Leid. *Ich kann nicht leben und nicht sterben. Ich finde das Ganze falsch und dumm.* Eine Antwort oder gar einen Rat hatte er gar nicht erwartet, aber zu seiner Überraschung antwortet ihm sein Lehrer:

Sie haben eine Krankheit, die leider Mode ist und der man jeden Tag bei intelligenteren Menschen begegnet. Die Ärzte wissen natürlich nichts davon. Es ist mit moral insanity verwandt und könnte auch Individualismus oder eingebildete Einsamkeit genannt werden. Die modernen Bücher sind voll davon. Es hat sich bei Ihnen die Einbildung eingeschlichen, Sie seien vereinsamt, kein Mensch gehe Sie etwas an, und kein Mensch verstehe Sie.

Und – nachdem er die Verwunderung seines ehemaligen Schülers bemerkt hat – fährt er fort:

Sehen Sie. Für den, der die Krankheit einmal hat, genügen ein paar Enttäuschungen, um ihn glauben zu machen, es gebe zwischen ihm und andern Menschen überhaupt keine Beziehungen, höchstens Missverständnisse, und es wandle eigentlich jeder Mensch in absoluter Einsamkeit, könne sich den andern nie recht verständlich machen und nichts mit ihnen teilen und gemeinsam haben. Es kommt auch vor, dass solche Kranke hochmütig werden und alle andern Gesunden, die einander noch verstehen und lieben können, für Herdenvieh halten. Wenn diese Krankheit allgemein würde, müsste die Menschheit aussterben. Aber sie ist nur in Mitteleuropa und nur in den höheren Ständen zu treffen. Bei jungen Leuten ist sie heilbar, sie gehört sogar schon zu den unumgänglichen Entwicklungskrankheiten der Jugend.

Er rät seinem Schüler, nicht so sehr auf sich zu schauen, sondern zu versuchen, andere zu verstehen, andern Freude zu machen und ihnen gerecht zu werden. Damit könne er ganz in der Nähe anfangen: bei seinen Freunden und Verwandten.

Lernen Sie eine Zeitlang mehr an andere als an sich selber denken! Das, was die Menschen gemeinsam haben, ist viel mehr und wichtiger, als was jeder einzelne für sich hat und wodurch er sich von andern unterscheidet.

Das, was der Lehrer ihm rät, hatte ihm auch sein Vater bei ihrer letzten Begegnung als Lebensweisheit mit auf den Weg gegeben: *Leben für andere, sich selber nicht so ernst nehmen!* Das klingt ein wenig nach *Kate-chismus und Konfirmandenunterricht,* aber bedenkenswert ist es schon. Schließlich handelte es sich ja nicht um Meinungen oder Weltanschauungen, sondern um einen ganz praktischen Versuch, das Leben erträglich zu machen.

Ob dies ein Ausweg ist? Im konkreten Fall vielleicht. Aber jedes Menschenleben ist zugleich einzigartig und repräsentativ – so auch die jeweilige Form der Einsamkeit. In den geschilderten Fällen ging es um einen *Dichter im Werden;* einen *Gelehrten, der nach Anerkennung strebt;* einen *Geistlichen,* der sich entschlossen hat, als *Eremit Buße zu tun;* und im Roman von Hesse um einen *Musiker, der seinen Weg sucht.* Sie alle, sollte man meinen, könnten noch am ehesten in der Lage sein, mit ihrer Situation fertig zu werden. Aber was ist mit den sozial Abgehängten, denen die materiellen und oft auch die intellektuellen Ressourcen für die Teilhabe am gesellschaftlichen Leben fehlen? Sie haben kaum Fürsprecher oder Anlaufstellen; sie leben meist anonym und man weiß wenig über sie. Das zu ändern – darum hat sich der leider viel zu früh gestorbene französische Soziologe *Pierre Bourdieu* bemüht. Gemeinsam mit einer Studiengruppe hat er eine Vielzahl von Einzelfällen dokumentiert, die zeigen, wie Menschen in Notlagen geraten, aus denen sie kaum je wieder hinausfinden. Unter dem Titel *Das Elend der Welt. Zeugnisse und Diagnosen alltäglichen Leidens an der Gesellschaft* erschien die umfangreiche Studie 1997. Da eine vergleichbare Arbeit meines Wissens hierzulande fehlt, soll an dieser Stelle auf die Arbeit Bourdieus und seiner Mitstreiter zumindest einmal hingewiesen werden.

Götz Eisenberg: Zur Sozialpsychologie des entfesselten Kapitalismus

Götz Eisenberg ist ein kritischer Beobachter des Alltagslebens und hat zwei Bücher von höchster Aktualität zur *Sozialpsychologie im entfesselten Kapitalismus* geschrieben.[2] Seine Beobachtungen hat er in Form einer Collage zu essayistischen Fragmenten verdichtet. Mit großer Sensibilität nimmt er Alltagsphänomene wahr, an die zu gewöhnen er sich strikt weigert. So unterschiedliche Erscheinungen wie das Pegida-Unwesen, die „Flüchtlingskrise", die Rücksichtslosigkeit im Straßenverkehr; die Fehlentwicklungen im Gesundheitswesen; der zeitgenössische Handywahn; Formen der Brutalisierung

---

[2] Götz Eisenberg: Zwischen Amok und Alzheimer. Zur Sozialpsychologie des entfesselten Kapitalismus, Brandes & Apsel Verlag, Frankfurt/Main 2015. Ders.: Zwischen Arbeitswut und Überfremdungsangst. Zur Sozialpsychologie des entfesselten Kapitalismus, Band 2. Edition Georg-Büchner-Club, Gießen 2016

wie Messerattacken, Amokläufe oder Massaker sowie die Zerstörung sozialer Orte der Begegnung, stellen für ihn Symptome einer Gefährdung demokratischer Errungenschaften dar.

Eisenberg schreibt:

Wenn wir noch eine Chance haben wollen, müssen wir uns beeilen. Wer mit wachen Sinnen durch die Welt geht, spürt, dass sich um uns herum etwas zusammenzieht und –braut. Die Luft wird dünner für die übrig gebliebenen Einzelnen, sie drohen zu ersticken. Wenn die Krisen des Finanzkapitalismus sich zuspitzen, die Kluft zwischen Arm und Reich sich weiter vertieft und die Unübersichtlichkeit eskaliert, wenn die unkontrollierten und unkontrollierbaren Wanderungsbewegungen anhalten und in großem Stil Angst und Anomie freisetzen, droht die Gefahr einer Faschisierung von Teilen der Bevölkerung – und zwar in ganz Europa.

Der Autor belässt es nicht bei der Beschreibung von Phänomenen; er versucht stets, seine Alltagswahrnehmungen zu reflektieren und deren gesellschaftliche Ursachen herauszuarbeiten. Das entspricht seinem Verständnis von Theoriebildung in der Tradition *Peter Brückners*. Demnach soll diese *nicht länger ausschließlich oder überwiegend am Schreibtisch stattfinden; erkannt werde auch auf der Straße und durch kritische Beobachtung des Alltagslebens der Menschen. Die intellektuelle Durchdringung gesellschaftlicher Phänomene erfordere nicht nur Lektüre und theoretische Begriffe, sondern die empirische Beobachtungsschärfe des Ethnologen.*

An einigen Beispielen soll die phänomenologische Vorgehensweise des Autors dargestellt werden. So setzt er sich überaus kritisch mit dem Sachverhalt der *Vernetzung* auseinander. *Gut vernetzt zu sein*, wird mittlerweile als eine positive Eigenschaft einer Person angesehen; ja, es ist geradezu ein Gradmesser für deren soziale und politische Bedeutung geworden.

Er wundert sich über *die Leidenschaft, mit der die Leute gegenwärtig ihre Vernetzung und Selbstenthüllung via soziale Netzwerke betrei-*

ben … *Orwell hätte sich eine derartige freiwilli-*
ge Datenabgabe und Offenlegung noch der in-
timsten Lebensbereiche in seinen schlimmsten
Alpträumen nicht vorstellen können, und alle
großen Diktatoren haben von solchen Überwa-
chungs- und Kontrollmöglichkeiten nur träu-
men können.

Für den Autor ist *Vernetzung* zum Zentral-
begriff einer geschmeidigen Herrschaft geworden, da die Etablierung der universalen
Kontroll- und Überwachungssysteme sich
als Technik und Sachzwang tarnt und damit der Kritik entzieht. Er fragt sich, welche
Folgen dies für das gesellschaftliche Zu-
sammenleben der Menschen hat; für ihre
Art, miteinander zu kommunizieren und
zu kooperieren.

Alles ist miteinander vernetzt, aber die Entfer-
nungen zwischen den Menschen werden immer
größer, zitiert er *Moritz Rinke.* Man könnte
von einer *Entfremdung zweiten Grades* sprechen. *Die Menschen haben das Bewusstsein*
ihrer Entfremdung eingebüßt und fühlen sich in
ihr heimisch. Damit ist die Entfremdung auf

eine zynisch-perverse Art und Weise aufgehoben.

Damit einher geht eine Vereinheitlichung und Verarmung der Ausdrucksformen, wie sie in den gängigen Neusprech-Formeln zum Ausdruck kommen, wo Formulierungen wie *auf Augenhöhe; gut aufgestellt; zielführend; fokussiert; ins Boot geholt; auf den Prüfstand gestellt* usw. dominieren und die mittlerweile zum geläufigen Repertoire von Politikern und Medien gehören. In dieser Hinsicht erweisen sich die sozialen Netzwerke als *Gleichschaltungsmaschine*, die die Kommunikation standardisiert und homogenisiert.

Der Autor sieht sehr wohl, dass auch die sozialen Bewegungen der jüngsten Zeit sich dieser Medien bedienen und sie zu deren Erfolg beigetragen haben. Gleichwohl gibt er zu bedenken, dass es auch ohne diese gehen müsste.

Wir dürfen die Formen unserer Gesellschaftlichkeit nicht aus den Händen von Facebook und Twitter entgegennehmen. Die neuen Formen der Vergesellschaftung, die sich in den aktuellen sozialen Bewegungen herausbilden und in denen sich etwas qualitativ Neues ankündigt, können nicht die Gesellschaftlichkeit digitaler Netze sein, sondern müssen aus Fleisch und Blut sein und auf leiblicher Anwesenheit basieren. Brüderlichkeit und Solidarität entstehen von Angesicht zu Angesicht, indem ich mich im anderen erkenne, und alle gemeinsam die Erfahrung einer Kraft machen, von der sie gestern noch nicht wussten, dass sie darüber verfügen – nicht in der Einsamkeit vor der Tastatur oder dem Touchscreen. Aus dieser erwachsen lediglich neue Formen des Autismus, keine solidarischen Verkehrsformen.

An vielen Erscheinungsformen weist Eisenberg nach, wie die im Namen des Neoliberalismus vorangetriebene Deregulierung von Sozialstaat, Wirtschaft und Gesellschaft mit einer psychischen und moralischen Deregulierung einhergeht.

Die Markt- und Kapitallogik räumt nicht nur alle ihren expansiven Drang behindernden äu-

ßeren Barrieren und Kontrollen beiseite, sondern auch die im Inneren der Menschen. *Der flexible Mensch soll alle Bindungen und Hemmungen ablegen, damit er zu allem fähig werde. So ist es denn auch. Man kann offensichtlich nicht beides zugleich haben: den hochflexiblen, wendigen, allseits anschlussfähigen Menschen und einen Fundus von in der Person fest verankerten handlungsleitenden Normen und Werten. Wer unter der Ägide des losgelassenen Marktes aufwächst, lernt, Normforderungen auf jenes Minimum zu reduzieren, das gerade noch vor strafrechtlicher Verfolgung schützt. Wer im Kampf um Erfolg sittlichen und moralischen Normen gerecht werden möchte, muss private Standortnachteile und einen rapiden Verfall des Kurswerts seiner Ich-Aktien in Kauf nehmen.*

Es bildet sich ein Sozialcharakter heraus, der sich daran gewöhnt hat, die Verhaltensanforderungen des flexiblen Kapitalismus als unhinterfragte, naturwüchsige Vorgaben zu akzeptieren; der offen ist für ständige berufliche und örtliche Veränderungen und vor allem: der süchtig und gern

konsumiert, was die Werbung ihm an Bedürfnissen suggeriert.

Zu den beeindruckenden Abschnitten des
gehört für mich das Bemühen des Autors
um die Wiederaneignung des Begriffs *Heimat*. Natürlich sind ihm die Aufladungen
und Konnotationen des Begriffs mit Assoziationen wie Blut und Boden, Vaterland,
Rasse, Gemüt und Gemütlichkeit bekannt,
die einen unreflektierten Gebrauch des Begriffs verbieten. Für ihn bezeichnet Heimat
einen *Ort fragloser Zugehörigkeit und Geborgenheit*; einen sozialen Nahraum, der Identität ermöglicht angesichts zunehmender
Anonymität, Mobilität, Leere und Hektik,
wie sie die Einkaufsstraßen unserer Innenstädte mittlerweile ausstrahlen.

*Nahraum als Kategorie der Emanzipation heißt:
Aufsprengen der ghettoartigen Wohnverhältnisse vor allem für Alte und Kinder, Wiederbe-
lebung der Nachbarschaftsbeziehungen, die
Vermenschlichung der Architektur … und die
Transformation der Städte, die unterm Diktat
der Bodenspekulation … vollkommen durch-*

kommerzialisiert sind, in einen Raum, in dem das Leben in seiner ganzen sinnlichen Fülle sich entfalten und seine öffentliche, gesellschaftliche Dimension zurückgewinnen und ausdrücken kann.

Es geht um Orte, an denen Demokratie gelebt und erfahren werden kann, um Bindeglieder zwischen dem einzelnen und seinem Gemeinwesen. Verschwinden diese, werden Menschen sozial isoliert, und die Gefahr von Apathie und politischem Desinteresse wächst; beides sind Risikofaktoren einer sich ausbreitenden *marktkonformen Demokratie*. Beispielhaft führt der Autor sein Verständnis von Heimat an einem Wochenmarkt seiner Heimatstadt aus, der von der Schließung bedroht ist. Im Kontrast zur nüchternen, hektischen Gleichförmigkeit von Supermärkten schildert er die Vorzüge des Marktes:

Es ist, als beträte man eine andere Zeitzone, hier geht man hin, um Zeit zu verlieren, nicht um Zeit zu gewinnen oder einzusparen. Auf dem Markt sind die sinnliche Dichte der Welt und ihre saftige Fülle und Vielfalt noch erfahrbar. Er ist auch ein Ort der Balz und des Flirts. Man geht umher, schaut, wird angeschaut und durch Überkreuzungen entstehen Blickverhältnisse, deren Reiz darin liegt, dass die Beteiligten nie ganz sicher sein können, ob sie in der Realität oder nur in der Phantasie miteinander befasst sind. Und es wird viel gelacht auf dem Markt. Der Markt bringt einen spezifischen Humor hervor, der sich nur in dieser ökonomischen Nische und seiner spezifischen Zeitstruktur entfalten kann. Kurzum: Der Wochenmarkt ist eine Enklave der Ungleichzeitigkeit, ein bunter Fleck in einer verödeten und total kommerzialisierten städtischen Lebenswelt. Er ist Teil eines sozialen Immunsystems, eines Geflechts von sozialen Bindungen und Kontakten, das Menschen ebenso dringend benötigen wie das körperliche Immunsystem … Ein demokratisches Gemeinwesen braucht Orte, an denen Demokratie und Öffentlichkeit sich materialisieren und entfalten können, Orte, sie sich libidinös besetzen lassen. Dazu gehören Theater, Parks, Schwimmbäder, botanische Gärten, Bibliotheken und öffentliche Plätze.

All das, möchte man hinzufügen, was im Zuge vermeintlicher öffentlicher Sparzwänge von Kürzungen in seiner Existenz bedroht ist.

Stellen wie diese gehören für mich zu den schönsten und eindringlichsten des Buches. Sie zeugen von der Sprachmächtigkeit des Autors und zeigen, wie er methodisch vorgeht: Fast immer sind es Wahrnehmungen in seinem Nahbereich, die er reflektiert; dazu zieht er eine Fülle theoretischer und literarischer Quellen heran, von denen er sich inspirieren lässt und durch die seine Darstellungen an Lebendigkeit und Farbigkeit noch gewinnen. Man spürt auf Schritt und Tritt das Ringen des Autors, trotz des unbefriedigenden und repressiven Status quo eine Perspektive in Richtung Befreiung und Solidarität zumindest anzudeuten, weil sonst, wie er schreibt, das Leben abstirbt.

Wir müssen mit unseren Entwürfen einer anderen Gesellschaft, wenn sie nicht abstrakt bleiben sollen, Anschluss an die Welt der Träume, Tagträume, Phantasien, Wünsche, Sehnsüchte und

Hoffnungen der real existierenden Menschen finden – und zwar bevor die Wünsche und Sehnsüchte durch kompensatorischen Konsum vollends ins Bestehende zurückbetrogen werden.

Resümierend lässt sich feststellen: Götz Eisenberg hat zwei wichtige, anregende Bücher geschrieben, die dazu beitragen, Orientierungspunkte und Perspektiven in einer zerrissenen, von Ambivalenzen und Konflikten gekennzeichneten Gegenwart aufzuzeigen. Damit trägt er zur Sensibilisierung für Alltagsvorgänge bei, die oft übersehen oder ignoriert werden.

Hermann Hesse: Über Politik, Bäume und Alter

Vor kurzem entdeckte ich in einem Antiquariat drei kleine Bücher, die verstreute Texte Hesses über Politik, *Bäume* und *Alter* enthielten. Ich habe darin einen ganz neuen Hesse entdeckt.

In seinen *Politischen Betrachtungen*, die er im Laufe der Jahrzehnte angestellt hat, ist ihm seine zutiefst *humanistische Weltanschauung* stets Richtschnur seiner politischen Einschätzungen gewesen; vor allem deren oberstes Prinzip: *Du sollst nicht töten!*

Hesse möchte seine Stellungnahmen zur Politik keinesfalls als *politisch* im engeren Sinne verstanden wissen; schon gar nicht als *parteipolitisch.* Dazu schreibt er:

Wenn ich meine Aufsätze ‚politisch' nenne, so tue ich dies stets in Anführungszeichen, denn politisch an ihnen ist nichts als die Atmosphäre, in der sie jeweils entstanden. Im Übrigen sind sie das Gegenteil von politisch, denn jeder dieser Betrachtungen sucht den Leser nicht vor das Welttheater und seine politischen Probleme zu führen, sondern in sein eigenes Inneres, vor sein

*ganz persönliches Gewissen. Hierin bin ich mit
den Politikern aller Richtungen durchaus nicht
einig und werde stets unbelehrbar bleiben, dass
ich im Menschen, im einzelnen Menschen und
seiner Seele Bezirke anerkenne, wohin politische
Antriebe und Prägungen nicht reichen.*

Im Unterschied auch zu vielen seiner
Künstlerkollegen ist Hesse ein entschiede-
ner Gegner des Chauvinismus, des über-
bordenden Nationalismus sowie der sieges-
trunkenen Kriegsbegeisterung im Vorfeld
des Ersten Weltkrieges. Im September 1914
schreibt er:

*Da sind uns in letzter Zeit betrübende Zeichen
einer unheilvollen Verwirrung des Denkens
aufgefallen. Wir hören von Aufhebung der
deutschen Patente in Russland, von einem Boykott deutscher Musik in Frankreich, von einem
ebensolchen Boykott gegen geistige Werke feind-
licher Völker in Deutschland. Es sollen in sehr
vielen deutschen Blättern künftig Werke von
Engländern, Franzosen, Russen, Japanern nicht
mehr übersetzt, nicht mehr anerkannt, nicht
mehr kritisiert werden...*
*Alle diese Äußerungen vom frech erfundenen
,Gerücht' bis zum Hetzartikel, vom Boykott
,feindlicher' Kunst bis zum Schmähwort gegen*

ganze Völker, beruhen auf einem Mangel des Denkens, auf einer geistigen Bequemlichkeit.

Hesse wurde wegen seiner konsequenten *Antikriegshaltung* von vielen Seiten angegriffen. Ebenso gradlinig ist seine Haltung gegenüber dem grassierenden *Antisemitismus.* Bereits 1922 (!) wendet er sich gegen

die blödsinnige, pathologische Judenfresserei der Hakenkreuzbarden. Es gab früher einen Antisemitismus, er war bieder und dumm, wie solche Antibewegungen eben zu sein pflegen. Heute gibt es eine Art von Judenfresserei unter der deutschen, übel missleiteten Jugend, welche sehr viel schadet, weil sie diese Jugend hindert, die Welt zu sehen wie sie ist, und weil sie den Hang, für alle Missstände einen Teufel zu finden, der dran schuld sein muss, verhängnisvoll unterstützt.

Dass Hesse den unheilvollen Charakter des heraufziehenden Nationalsozialismus bereits früh erkennt, ist vor dem Hintergrund seiner Erfahrungen mit dem Ersten Weltkrieg und seiner überzeugten Abneigung gegen den Antisemitismus nicht verwunderlich. Interessant sind jedoch seine Äußerungen zum *Sozialismus*. 1930 schreibt er an seinen Sohn:

Ich selber bin, aus guten Gründen, weder ‚bürgerlich' noch Sozialist, obgleich ich, rein politisch betrachtet, den Sozialismus für die einzige anständige Gesinnung halte. Dass ich trotzdem nicht Sozialist geworden bin, das kommt davon her, dass die geistigen Grundlagen des Sozialismus (das heißt die Lehren von Marx) keineswegs ganz rein und einwandfrei sind, und zweitens kommt es daher, dass die Sozialdemokraten in der ganzen Welt ihren besten Grundsätzen längst untreu geworden sind. Vor allem haben mich die deutschen Sozialisten enttäuscht, als sie begeistert mit in das Kriegsgeheul anno 1914 einstimmten, und als sie nachher, im Jahr 18, die Revolution verrieten.

Gleichwohl fährt er im selben Brief etwas später fort:

Es wäre besser, Du würdest den Versuch machen, diesen Feind, die kapitalistische Gesellschaftsordnung, wirklich kennen zu lernen, also die sozialistische Lehre Dir durch wirkliches Studium zu eigen machen. Dort führt der Weg weiter. Und obwohl Hesse insbesondere die Marxsche Formel von der *Diktatur des Prole-*

tariats entschieden ablehnt, fährt er in dem Brief fort: *Beim heutigen Stand der Dinge ist eben doch der Sozialismus die einzige Lehre, die an den Grundlagen unsrer falschen Gesellschaft und Lebensweise wenigstens ernstlich Kritik übt.*

Eine der Hauptursachen für den Siegeszug der Nazis sieht Hesse in der Leugnung der Mitschuld am Ersten Weltkrieg. 1932 schreibt er:

Deutschland hat es vollkommen versäumt, seine ungeheure Mitschuld am Weltkrieg und an der heutigen Lage Europas einzusehen, sich dazu zu bekennen (ohne darum zu leugnen, dass auch die ‚Feinde' schwere Schuld haben), und eine moralische Reinigung und Gewissenserneuerung an sich vorzunehmen. Deutschland hat den harten und ungerechten Friedensvertrag dazu benützt, sich vor der Welt und vor sich selber um jede Schuld herumzulügen. Statt einzusehen, wo seine Fehler und Sünden liegen, und sie zu bessern, schwadroniert es genau wie Anno 1914 von der unverdienten Paria-Stellung, die es einnehme, wirft die Schuld an allem Übel anderen vor, bald den Franzosen, bald den Kommunisten, bald den Juden.

Hesse, der es stets ablehnte, sich für politische Zwecke einspannen zu lassen, Aufrufe zu unterschreiben und dergleichen, verweist darauf, dass er vor allem in seinem Werk Stellung bezogen hat.

Wer sich mit dem Ganzen meiner Lebensarbeit befasst, der wird bald merken, dass auch in den Jahren, aus denen keine aktuellen Aufsätze vorhanden sind, der Gedanke an die unter unsern Füßen glimmende Hölle, das Gefühl der Bedrohtheit durch nahe Katastrophen und Kriege mich nie verlassen hat. Vom Steppenwolf, der unter andrem ein angstvoller Warnruf vor dem morgigen Krieg war, und der entsprechend geschulmeistert oder belächelt wurde, bis in die scheinbar so zeit- und wirklichkeitsferne Bilderwelt des Glasperlenspiels hinein wird der Leser immer wieder darauf stoßen, und auch in den Gedichten ist dieser Ton immer wieder und wieder zu hören.

Es ist also durchaus ertragreich, die Werke Hesses von Zeit zu Zeit einmal wieder in die Hand zu nehmen. Hesse würde vielleicht auch heute, wo der Zeitgeist wieder schlimme Blüten treibt, belächelt und als naiv gebrandmarkt werden. Aber immerhin hat er gegenüber den Vielen, die glaubten, die *Zeichen der Zeit* erkannt zu haben, recht behalten; vor allem aufgrund seines untrüglichen Sinns für die menschlichen Dinge, gespeist aus einem durch und durch humanistischem Denken.

*

Über Bäume

Bäume sind für Hesse nicht nur Gegenstände der Kontemplation oder Motive für seine Malerei. In Zeiten rücksichtsloser *Industrialisierung*, dramatischer *Klima Veränderungen* und zunehmender *Versteppung* ganzer Regionen, sind sie vor allem *Korrektive unserer Zivilisationsdefekte*. Neben allerlei nützlichen Funktionen sind sie für Hesse gleichzeitig *Spiegel der Jahreszeiten, Landschaften und Umwelt* sowie – als Bestandteil seiner durch das Christentum und die indische Philosophie geprägten Lebensauffassung - *Symbole der Vergänglichkeit und Wiedergeburt*. In dem ihm eigenen Enthusiasmus schreibt er:

Bäume sind für mich immer die eindringlichsten Prediger gewesen. Ich verehre sie, wenn sie in Völkern und Familien leben, in Wäldern und

Hainen. Und noch mehr verehre ich sie, wenn sie einzeln stehen. Sie sind wie Einsame. Nicht wie Einsiedler, welche aus irgendeiner Schwäche sich davongestohlen haben, sondern wie große, vereinsamte Menschen. In ihren Wipfeln rauscht die Welt, ihre Wurzeln ruhen im Unendlichen; allein sie verlieren sich nicht darin, sondern erstreben mit aller Kraft ihres Lebens nur das Eine: ihr eigenes, in ihnen wohnendes Gesetz zu erfüllen, ihre eigene Gestalt auszubauen, sich selbst darzustellen. Nichts ist vorbildlicher als ein schöner, starker Baum.

Voller Empathie schildert Hesse das Leben mit den Bäumen seiner nächsten Umgebung. Einige davon hat er selbst gepflanzt und ihr Wachstum erlebt. Andere sind im Laufe der Zeit abgestorben. Von ihnen nimmt er Abschied wie von einem nahen Verwandten. Insgesamt enthält das Bändchen derart liebevolle Schilderungen seiner Erfahrungen mit Bäumen, die wie Farbtupfer in diesen düsteren Zeiten wirken. Hesse kann sich glücklich schätzen, dass er das große *Waldsterben* der letzten Jahre nicht mehr erlebt hat.

*

Über das Alter

In seinem Buch über das *Alter* mit dem schönen Titel *Mit der Reife wird man jünger* räsoniert Hesse über die Vorzüge und Plagen des Alters; in einer überaus weisen, mitunter auch selbstironischen und humorvollen Weise. Für Hesse hat jede Altersstufe, wie er sagt, *ihr Gesicht*, d.h.: ihre Reize, aber auch ihre Schattenseiten.

Das Jahrzehnt zwischen vierzig und fünfzig ist für Menschen mit Temperament, für Künstler, immer ein kritisches, eine Zeit der Unruhe und häufiger Unzufriedenheit, wo man sich mit dem Leben und mit sich selbst oft schwer abfinden kann. Aber dann kommen Jahre der Beruhigung. Ich habe das nicht nur an mir erlebt, sondern an manchen anderen beobachtet. So schön die Jugend ist, die Zeit der Gärung und der Kämpfe, so hat doch auch das Altwerden und Reifwerden seine Schönheit und sein Glück.

Mit fünfzig Jahren hört der Mensch allmählich auf, gewisse Kindereien abzulegen. Er lernt warten, er lernt schweigen, er lernt zuhören und sollten diese guten Gaben durch etwelche Gebresten und Schwächen erkauft werden müs-

*sen, so betrachtet er diesen Kauf als einen Ge-
winn.*

Sich selbst nicht mehr so ernst nehmen, einfach einmal innezuhalten im täglichen Getriebe, das ist für ihn eine Maxime seines
Handeln. Dazu gehört der selbstironische
Blick auf sich. In einem seiner Gedichte
heißt es:

*Man vertrottelt, man versauert
man verwahrlost, man verbauert
und zum Teufel gehen die Haare
Auch die Zähne gehen flöten
und statt dass wir mit Entzücken
junge Mädchen an uns drücken
lesen wir ein Buch von Goethen.*

Zeilen wie diese könnten auch von *Wilhelm
Busch* oder *Ringelnatz* stammen. Bei Hesse
sind sie Teil einer philosophisch grundier-
ten *Weltanschauung*, eines *Lebensgefühls*, das
durch seine Bekanntschaft mit *indischer Philosophie* geprägt ist, die von der *Einheit der
Gegensätze und alles Seienden* ausgeht. Diese
Sicht auf die Welt beruht auf Lebenserfah-
rungen, wenn nicht gar *Altersweisheit*. So
heißt es an einer Stelle bei ihm:

Haben wir auch vermutlich in jungen Jahren den Anblick eines blühenden Baumes, einer Wolkenformation, eines Gewitters heftiger und glühender erlebt, so bedarf es für das Erlebnis, das ich meine, doch eben des hohen Alters, es bedarf einer unendlichen Summe von Gesehenem, Erfahrenem, Gedachtem, Empfundenem, Erlittenem, es bedarf einer gewissen Verdünnung der Lebenstriebe, einer gewissen Hinfälligkeit und Todesnähe, um in einer kleinen Offenbarung der Natur den Gott, den Geist, das Geheimnis wahrzunehmen, den Zusammenfall der Gegensätze, das große Eine.

Mit der Reife wird man jünger, schreibt Hesse, *da ich das Lebensgefühl meiner Knabenjahre im Grund stets beibehalten habe und mein Erwachsensein und Altern immer als eine Art Komödie empfunden habe.*

Robert Walser: Der Räuber

Dieser Roman gilt immer noch als eine Art Geheimtipp. Er verlangt dem Leser wegen seiner strukturellen und formalen Besonderheiten einiges ab. Walser verwendet alle möglichen Stilmittel: surrealistische bzw. kafkaeske Formulierungen, Briefe, Ansprachen, Dialoge und Lyrismen wechseln einander in loser Reihenfolge ab und werden zu Assoziationsketten miteinander verwoben. Es handelt sich um einen fließenden Text, unterbrochen nur durch eine Vielzahl von Abschweifungen. Der Roman gilt neben *Jakob von Gunten* und *Der Gehülfe* als wichtigstes Werk Walsers. Es ist sein letzter; 1929 geschrieben, aber erst 1968 entziffert, er hatte ihn in mikroskopisch kleiner Schrift verfasst.

Es ist ein Roman, der einen wegen seiner Unstrukturiertheit und fehlenden Handlung gelegentlich ratlos zurücklässt und gleichzeitig durch skurril anmutende Wortbilder und ästhetisch höchst anspruchsvolle Passagen immer auch aufs Neue fasziniert. Zum Inhalt heißt es in einem Einführungstext zum Buch: *Walsers Räuber ist ein Außenseiter, dem es nicht glückt, ,sich der bürgerli-*

chen Ordnung brav anzuschmiegen'. *Er ist ein Zeitgenosse, dem das Entscheidende fehlt, ‚was fürs Leben und seine Gemütlichkeit wichtig ist'. Er ist ein ‚Nichtsnutz', der sich in die Rolle eines ‚Räubers' gedrängt fühlt, da er kein Geld besitzt noch sich zu arrangieren und auf allgemein respektierte Weise welches zu verdienen versteht. Er vergleicht sich mit dem ‚Blatt, das ein Knabe mit der Rute vom Zweig herunterschlägt, weil es ihm als Vereinzeltes auffällt'. Obwohl er nie eine kriminelle Handlung begeht, provoziert er die Majorität der Angepassten, die sich schon durch sein bloßes Dasein irritiert und verunsichert fühlt.*

Was verbirgt sich hinter der Figur des Räubers? Ist er das Alter Ego des Schriftstellers, der sich dahinter versteckt oder sind beide identisch? Für beide Sichtweisen gibt es Belege. Mal heißt es: *Ich bin ich und er ist er.* Aber dann verschmelzen beide Figuren wieder zu einer, so dass das Wechselspiel von Ich, Er und Wir sich durch den ganzen Roman zieht. Aber warum bezeichnet der Autor seinen Protagonisten als *Räuber,* wo dieser doch nie etwas gestohlen hat? Oder hat Walsers Räuber vielleicht doch *geraubt?* Wenn ja, sind es keine materiellen Dinge, sondern *Landschaftseindrücke* oder *Begeben-*

heiten, all das, was ein Schriftsteller für seine Arbeit braucht.

Weiter heißt es: *Weswegen wurde er zum Räuber? Weil sein Vater herzensgut, aber arm war. Und so hat er denn leider hie und da mit nichts als seinem Witz Verfolger von oben bis unten zerspalten, wofür er jegliche Verantwortung ohne Murren übernimmt. Der Räuber ist nämlich zu fein veranlagt, um ein großes Gewissen zu haben, er hat nur ein ganz leichtes, kleines, er spürt es kaum, und weil es ein so zweigiges, schmiegeliges Gewissen ist, plagt es ihn auch gar nicht, und er ist natürlich darüber herzlich froh. Wir von uns aus würden ja von diesen Verfolgungen nie gewagt haben zu reden ohne die strikte Aussage jenes Mannes von Belang, bei dem der Räuber eines Abends Tee trank und dem die Bemerkung entfiel: ,Ja, ja Lieber, wenn man sich verhaßt macht.' Vor der Zusammenkunft mit diesem Intellektuellen ahnte der Räuber <von allem dem> noch nichts. Der Sexuelle oder Intellektuelle hatte ihn aufgeweckt. Der Räuber lag da gleichsam unschuldig wie in einem Bett und schlief. Würde ich meinerseits so ein Kind nicht lieber schlafen lassen, statt ihm Bemerkungen wie oben erwähnte ins Ohr zu gießen, ihn da fest zu zupfen, um ihm hochintellektuell zuzurufen: ,Du, steh auf,* *es ist Zeit'? Und so musste denn natürlich der Räuber aufstehen, und hier steht er nun.*

Die Weigerung, sich der Gesellschaft und ihren Normen anzupassen, hat etwas Subversives; nie werden revolutionäre Absichten geäußert und doch leistet der Räuber eine Art *passiven Widerstand* ; er ignoriert die gesellschaftlichen Normalitätserwartungen, ihre Routinen und Gewohnheiten bewusst und bezieht aus seiner selbstgewählten Randexistenz eine Art Überlegenheitsgefühl. Er geht keiner geregelten Arbeit nach; hat keinen festen Wohnsitz; achtet nicht auf sein Äußeres; lebt in den Tag hinein und ist nicht willens, eine feste Beziehung einzugehen. Zwar hat er Kontakte zu Frauen, aber etwas Dauerhaftes wird daraus nicht. Die bürgerliche Ordnung ist für ihn nicht attraktiv. Man könnte sagen: er ist darüber hinaus, weil er die Mechanismen der Gesellschaft durchschaut. Einmal heißt es:

Man muss schlecht gewesen sein, um ein Sehnen nach dem Guten zu spüren. Und man muss unordentlich gelebt haben, um zu wünschen, Ordnung in sein Leben zu bringen. Also führt die Geordnetheit in die Unordnung, die Tugend ins Laster, die Einsilbigkeit ins Reden, die Lüge in die Aufrichtigkeit, letztere in erstere, und die Welt und das Leben unserer Eigenschaften sind rund.

Der Räuber möchte gar nicht so sein wie die Anderen, die Spießer und Arrivierten. Er durchschaut deren Spiel. Zu einer Bekannten, einer Bewunderin des Offizierstandes, bemerkt er:

Die Zukunft hat alles Gute bloß noch von Offizieren zu erwarten und höchstens noch von Soldaten, die für ihren Offizier mit Jubel durchs Feuer gehen. Sie halten mich ein bisschen für übergeschnappt, und ich bin es ja auch vielleicht. Aber haben Sie das Recht, mich zu durchschauen? Nein, Sie haben nicht das mindeste Recht dazu. Der ganze Wiederaufbau der Zivilisation hängt für jeden Klardenkenden und hauptsächlich für jeden Gefühlvollen von der Heiligsprechung des Offiziersgrades ab. Haben Sie kein Gedächtnis für das, was die Offiziere im Kriege Unmögliches leisteten? Indem sie ihr Möglichstes taten, verrichteten sie das Menschenunmögliche und aßen namentlich ihren Untergebenen noch so sehr das Brot auf, als dass sie das Brot, das sie den Soldaten verpflichtet waren, zu geben, an Schieber verkauften, um dafür Champagner zu bekommen, dessen Genuss ihnen für die Verteidigung ihres Vaterlan-

des wichtig schien. Aber was sage ich da in der vollendeten Zerstreutheit?

Sein Sarkasmus zeigt, dass der Räuber sich keine Illusionen über den Zustand der Gesellschaft macht. Natürlich spürt er die Verachtung seiner Umwelt, aber darüber ist er erhaben. Man könnte auch sagen, er macht aus der Not eine Tugend. Da die Gesellschaft ihn ausgrenzt und ablehnt, versucht er, daraus etwas Positives für sich abzuleiten: Die zunehmende Distanz ist gleichzeitig eine Art Schutz vor Anpassung und Spießertum. Wenn man so will: ein Versuch, seine Identität zu bewahren oder eine solche zumindest zu behaupten. Dazu eine längere Passage, in der der Autor mit dieser zu spielen scheint:

Vor ihm saß nun also der Herr Doktor, zu dem er sagte: ,Ich bekenne Ihnen ohne Umschweife, dass ich mich dann und wann als Mädchen fühle.' Er wartete nach diesem Wort, wie der Doktor sich äußern würde. Der aber sagte bloß leise: ,Fahren Sie fort.' Der Räuber setzte nun auseinander: ,Vielleicht erwarteten Sie, dass ich einmal käme. Ich würde Sie in erster Linie zu bitten haben, sich mich recht arm vorzustellen. Ihr Gesicht sagt mir, dass das nicht viel ausmacht,

und so vernehmen Sie denn, hochverehrter
Herr, dass ich ganz fest glaube, ich sei ein
Mann wie irgendein anderer, nur dass mir oft
schon, d.h. früher niemals, aber in letzter Zeit
an mir aufgefallen ist, dass ich gar keine An-
griffs-, keine Besitzlust in mir lodern, weben
und aus mir herausdrängen spüre. Im übrigen
halte ich mich für einen ganz braven wackeren
Mann, für einen durchaus brauchbaren Mann.
Ich bin arbeitslustig, ohne dass ich allerdings
zur Zeit viel leiste. Ihre Ruhe ermutigt mich,
Ihnen anzuvertrauen, dass ich glaube, es lebe
vielleicht in mir eine Art von Kind oder eine
Art von Knabe. Ich besitze ein vielleicht etwas
zu fröhliches Inneres, was ja auf mancherlei
schließen lässt. Für ein Mädchen hielt ich mich
ein paar Mal, weil ich gern schuhputze und weil
mich häusliche Arbeiten lustig anmuten. Es hat
eine Zeit gegeben, wo ich es mir nicht habe
nehmen lassen, einen zerrissenen Anzug eigen-
händig auszubessern. Und ich heize immer im
Winter die Öfen selber ein, wie wenn sich das
ganz von selbst verstünde. Aber ein richtiges
Mädchen bin ich natürlich keineswegs. Wollen
Sie mich bitte einen Augenblick über alles das
Bedingende nachdenken lassen. Vor allem fällt
mir da jetzt ein, dass mich die Frage, ob ich etwa ein Mädchen sein könnte, nie, nie, auch
nicht einen einzigen Augenblick lang beunru-

*higte oder mich aus der bürgerlichen Fassung
brachte oder mich unglücklich machte. Ich stehe
überhaupt keineswegs als Unglücklicher vor
Ihnen, ich möchte dies ganz speziell betonen,
denn eine geschlechtliche Qual oder Not spürte
ich nie, denn es hat mir nie an den sehr einfachen Möglichkeiten gefehlt, mich jeweilen von
Andrängungen zu befreien. Eigentümlich, d.h.
wichtig für mich wurde die Entdeckung, die ich
an mir machte, dass ich in liebliche Lustigkeit
hineinkam, wenn ich in Gedanken irgendwen
bediente. Natürlich ist diese Art von Anlage
nicht alleinbestimmend. Ich frage mich vielfach,
was für Umstände, Beziehungen, Milieus für
mich maßgebend seien, kam aber zu keinem bestimmten Ergebnis.*

Dieses Zitat zeigt, w i e der Autor den Ent-
fremdungsprozess seines Räubers schildert.
Fortlaufend erzählt werden scheinbar be-
langlose Episoden aus seiner kümmerlichen
Existenz; unterbrochen von Andeutungen,
Reflexionen und Wortspielereien. Der Text
hat keine Handlung; es entwickelt sich
nichts; es wird assoziiert; es geht vor und
zurück. Der Autor spielt mit den Erwartungen des Lesers; er kündigt an, auf einen
Sachverhalt zurück zu kommen; schweift
ab, und manchmal kommt er auf eine Sache

zurück, manchmal aber auch nicht. Es ist ein höchst kunstvolles Verwirrspiel, das sich über den ganzen Roman hinzieht. Zuweilen liest sich das wie ein Selbstgespräch, das keinen Anfang und keine Ende kennt. Oder zieht Walser mit seinen Ausführungen ein bitter-ironisches Resümee seines Schriftstellerlebens? Wie gesagt: es ist sein letzter Roman und bald darauf begibt er sich in eine psychiatrische Pflegeanstalt, in der er bis zu seinem Lebensende verweilt.

Joseph Conrad: Herz der Finsternis

Die Novelle *Herz der Finsternis* schrieb *Joseph Conrad* 1899; etwa 10 Jahre nachdem er den *Kongo* besucht hatte. Es scheint, dass er sich mit dem Buch von einem Alptraum zu befreien versucht hat. Der Alptraum: die belgische Kolonialisierung des Kongo, durch das dieses in eine Art riesiges Konzentrationslager verwandelt wurde. Man schätzt, dass etwa die Hälfte der Bevölkerung – 10 Millionen Menschen – von den Besatzern teilweise auf bestialische Weise umgebracht wurde; die andere Hälfte wurde versklavt. Ziel war, sich der unermesslichen Reichtümer dieses Landes – vor allem Bodenschätze und Elfenbein - zu bemächtigen.

Conrad schildert schonungslos, wozu Menschen fähig sind. Das Ausmaß an Grausamkeit, Ausbeutung, Gier und Gewalt kennt keine Grenzen und durchzieht den gesamten Text. Conrad hat in seinem Tagebuch notiert, er habe die Realität dessen, was er erlebt hat, nur wenig überzeichnet. Trotz des dramatischen Inhalts schildert Conrad das grausame Geschehen ganz unaufgeregt, nahezu dokumentarisch, ohne auf Wirkung bedachte Ausschmückungen, deren es auch nicht bedarf. Gleichwohl laufen die Ereignisse wie ein Film ab, der dem Verfasser die Bilder des Erlebten noch einmal wie eine traumatische, mystische Bilderfolge vor Augen führt; Bilder, die er nicht loszuwerden scheint.

So ist das Buch Erinnerungs- und Trauerarbeit in einem. Dazu ein Textbeispiel:

Es gab Augenblicke, wo einen die eigene Vergangenheit überfiel, wie das bisweilen geschieht, wenn man keine Zeit für sich selbst erübrigen kann, aber sie kam in Gestalt eines atemlosen, lärmigen Traums, an den man sich inmitten der überwältigenden Wirklichkeit dieser Welt aus Pflanzen, Wasser und großer Stille mit Verwunderung erinnert. Mit Frieden hatte dieses Stilleben allerdings nicht das Geringste zu tun. Es war die Stille einer unversöhnlichen Macht, die über einem unerforschlichen Vorhaben brütete, als sinne sie auf Rache. Später gewöhnte ich mich daran und nahm das alles überhaupt nicht mehr wahr; dazu blieb mir keine Zeit. Ich musste sehen, dass ich das Fahrwasser nicht verfehlte ... Wenn man sich mit solchen Dingen befassen muß, dann verflüchtigt sich die wahre Wirklichkeit. Die innere Wahrheit bleibt einem verborgen – zum Glück, sage ich, zum Glück. Aber ich spürte sie trotz alledem; oft hatte ich das Gefühl, bei meinem affenartigen Tun und Treiben beobachtet zu werden von dieser geheimnisvoll lauernden Macht, genau wie sie euch beobachtet, während ihr auf dem hohen Seil eure Vorstellung gebt.

Der Untertitel der Novelle lautet: *Eine Reise ins Innere der menschlichen Seele.* Damit wird deutlich: es geht Conrad nicht nur darum, die realen Gewaltexzesse darzustellen. Er will gleichzeitig die Abgründe der menschlichen Seele, des Unbewussten, des Trieblebens ausloten und was dabei zutage gefördert wird, lässt ihn daran zweifeln, dass die Schöpfung auf ein *ethisches Ziel* hin ausgerichtet ist. Im Gegenteil: Der Mensch scheint die eigentliche *Fehlkonstruktion der Schöpfung* zu sein.

Warum Literaturkritik wichtig ist

Literaturkritik ist mehr als Literaturberichterstattung. Letztere orientiert sich vor allem an den aktuellen Bestsellern großer Verlage, die mit ihrer Werbung auf dem Büchermarkt Aufmerksamkeit suchen. Die Feuilletons der meinungsbildenden Medien verstärken diesen Effekt meist noch.

Einer ernsthaften Literaturkritik geht es darum, den Stoff, den Stil und die Struktur eines Textes miteinander in Einklang zu bringen. Das ist kein einfaches Unterfangen; es erfordert einen hohen Aufwand an Zeit und Textverständnis.

Insa Wilke beschreibt ihr Selbstverständnis als Literaturkritikerin wie folgt:

Aufmerksamkeit für die Literatur erhalten und wecken und durch die Art, wie Literaturkritik das tut, mitwirken am Erhalt einer ästhetisch interessierten politischen Öffentlichkeit.

Ein Problem sieht sie in den sich stetig verschlechternden Arbeitsbedingungen der Literaturvermittler/innen.

Eine seriöse Kritik muss entsprechend honoriert werden, und sie braucht Spielraum. Wenn die Räume schrumpfen, kann kein Gespräch entstehen. Wenn kein Gespräch entsteht, wird die Kritik fad. Wenn die Kritik fad wird, fehlt eine wesentliche Vermittlungsinstanz. Das ist schlecht, denn Bücher und ihre Autorinnen und Autoren brauchen ein Gegenüber in der Öffentlichkeit, und zwar ein geschultes, geübtes und durch Widerspruch erfahrenes. Übrigens bedarf nicht nur die Literatur einer seriösen und intelligenten Kritik. Ich bin überzeugt davon, dass auch wir Leserinnen und Leser sie brauchen. Kritik, verstanden auch als nachdenkliche und genaue Lektüre. Lesen ist eine Form, sich mit der Welt auseinanderzusetzen, sich in ihr zu verorten und Kräfte freizusetzen, die in individuelle Lebensläufe, aber auch in soziale Zusammenhänge wirken können.

*

Kriterien für eine gelungene Literatur- und Kunstkritik lieferte der Kölner Kritiker *Albrecht Fabri* bereits in den 50er und 60er Jahren. An ihn sei hiermit erinnert: Er wäre vor kurzem 110 Jahre alt geworden.

Zehn Jahre lang war Fabri Dozent für französische und moderne Literatur an der Buchhändlerschule in Köln. Während dieser Zeit veröffentlichte er in verschiedenen Zeitschriften Kritiken und Essays. Im Literaturbetrieb seiner Zeit war Fabri eine Art Fremdkörper. Die ihn kannten, schätzten ihn – wie etwa *Adorno*. Aber es waren immer nur wenige. Adorno hätte ihn gerne an das *Frankfurter Institut für Sozialforschung* geholt, aber Fabri lehnte ab.

Fabri verfügte nach Auffassung des Kölner Schriftstellers Jürgen Becker über die Gabe, *zentrale Fragen der Literatur und Kunst knapp formulieren* zu können. *Meist waren es kurze Texte: provokant; rigoros; verblüffend; polarisierend; spitzfindig – in jedem Fall aber geistreich. Man war nahezu aufgefordert, über sie nachzudenken. Ansonsten entging einem der Genuss. Es waren die Texte* eines ästhetischen Moralisten – eines zum Widerspruch reizenden, charmanten Zeitgenossen.

Beispielhaft seien einige Stilproben Fabris zitiert:

Anfangen gleicht immer dem Einwerfen eines Fensters / Ein Kritiker taugt, was er als Schriftsteller taugt / Wer ein brennendes Haus zu löschen hat, stellt sich keine Fragen / Geist verhält sich allergisch gegen Geranke / Eine Seite schreiben, an der man nicht ruckeln kann / Eine Kunstkritik ist weder ein Hammer noch eine Pervitintablette / Malen wie Glauben setzen einen Verlust voraus / Schreiben müsste mit Lebensgefahr verbunden sein wie Seiltanzen, dann würde anders geschrieben.

Nur in kleinen Dosen lassen sich Fabri-Texte genießen. Wie ein guter Wein, der ja auch Ehrfurcht, Staunen und Freude in uns auslöst – als Kunstwerk menschlicher Kreativität. Zum gedankenlosen Konsumieren sind seine Texte jedenfalls ungeeignet. In nahezu jedem seiner Texte ist Fabri auf eine eigentümliche Weise originell: er verhilft zu neuen, bisher so nicht gekannten Sichtweisen auf die Dinge. Er zwingt zur Reflexion. Man muss nicht alle seiner Ansichten teilen. Aber man muss sich mit ihnen auseinandersetzen. Anders geht es nicht. Die

Texte lassen einen nicht ruhen. Sie wirken nach. Beschäftigen einen über den Anlass hinaus weiter. In diesem Sinne ist Fabri ein überaus produktiver Unruhestifter.

Rigoros lehnt Fabri den Standpunkt ab, Literatur und Kunst seien Mittel der Weltveränderung. Ihm graut vor einer Kunst, die darauf aus ist, politische oder ideologische Botschaften in die Welt zu senden. Andere Maßstäbe als künstlerische lässt er nicht gelten. Ein Text muss durch seine Sprache bestehen; ein Bild muss durch seine Farben überzeugen. Fabri setzt sich uneingeschränkt für die Autonomie der Kunst ein. Sie kann sich nicht in den Dienst fremder Absichten stellen, ohne sich als Kunst aufzugeben. Sie kann von nichts anderem ausgehen als den ihr gegebenen Mitteln. Denn: wenn es die Inhalte immer schon gibt, wozu bedarf es da noch der Kunst? *Am schlechtesten schreiben allemal die, die meinen, dass sie etwas zu sagen haben. Der Grund? Sie sind nicht bei der Sache. Die Sache nämlich ist das Wort, die Sprache, nichts sonst.*

Die zuweilen überaus subtilen Differenzierungen Fabris sind als Anregungen zu lesen, das eigene ästhetische Urteilsvermögen

zu schärfen. Liest man sie so – und nicht
etwa als absichtsvolle Spitzfindigkeit – sind
sie unerhört inspirierend. Sie laden fast
immer zum Widerspruch ein und sind eben
gerade dadurch ein Ansporn, selbst weiter-
zudenken. Fabri stellt hohe Ansprüche,
wenn er beispielsweise Kriterien für Kritik-
fähigkeit entwickelt. Maßstab, nach dem
ein Kunstwerk zu beurteilen ist, kann jeweils nur das Kunstwerk selbst sein. Vollkommen oder unvollkommen ist ein
Kunstwerk nicht in Bezug auf ein externes
Muster, sondern in sich.

*Kritik die schielt, verfährt notwendigerweise
nach der Methode des Prokrustes. Sie spannt
das Kunstwerk auf ein Bett von Forderungen,
denen zu genügen es nicht dieses, sondern ein
anderes Kunstwerk sein müsste. Wer verlangt,
Peter Handke möge wie Thomas Mann schreiben, weil dieser der vollkommene Romanschrei-
ber ist, geht schon von vornherein in die Irre
mit seiner Kritik. Auf diese Weise vergleicht
man Äpfel mit Birnen.*
Eine Kritik, die so verfährt, nennt Fabri eine
zerstörende Kritik. Dagegen fragt eine pro-
duktive Kritik danach, was ein Künstler
sich vorgenommen hat und ob er seinem
Vorsatz gerecht geworden ist.

In einem berühmten Essay über Karl Kraus formuliert Fabri weitere Aspekte seiner Auffassung von Literaturkritik. Er bezeichnete Karl Kraus als einen Literaten, dem es allein um die Sprache gegangen sei.

Seine Methode bestand darin, das Wort beim Wort zu nehmen. In strikter Beschränkung auf das dem Schriftsteller zu eigen gegebene Material dachte er in, mit und aus der Sprache. Kraus selbst sagt: Ich habe manchen Gedanken, den ich nicht in Worte fassen könnte, in Worte gefaßt. Die Sprache ist die Mutter, nicht die Magd des Gedankens. Kraus bewegte sich mit dieser Art Schriftstellerreligion auf den Spuren Konfuzius'. Als dieser gefragt wurde, was er als erstes unternehmen würde, wenn man ihm die Regierung anvertrauen würde, antwortete er: Die Richtigstellung der Begriffe. Stimmen die Begriffe nicht, stimmen die Worte nicht; stimmen die Worte nicht, stimmen die Werke nicht.

Fabri hat viele der künstlerischen Größen seiner Zeit einer rigorosen Kritik unterworfen. Z.B. Künstler, die Wert darauf legten, *Kunst einer außerkünstlerischen Instanz* zu unterstellen.

Brecht war für ihn ein solcher *Fall*. Brecht sei ohne Zweifel ein bedeutender Dichter gewesen – aber nur dort, wo er darauf verzichtet, seine Leser darüber zu belehren, *wie sie handeln sollen*. Das tut er vor allem in einem Teil seiner *Lehrgedichte*. In diesen verabreiche er gewissermaßen Rezepte für gelungene oder missratene Menüs – schreibe mithin im Stile von *Kochbüchern*. Ein *Dichter*, und zwar einer *von hohen Graden*, sei Brecht hingegen in Gedichten wie der *Legende von der Entstehung des Buches Taoteking auf dem Weg des Laotse in die Emigration* gewesen– einem Gedicht, das weitgehend auf eine politische oder programmatische Botschaft verzichte.

Immer wieder betont Fabri, ein Schriftsteller lasse sich nur von seiner Sprache her kritisieren. Wer den Thomas Mann des *Zauberbergs* dafür kritisiere, dass *die Bahn des objektiven Geistes nicht durch seine Brust gehe* oder: dass *er kein Prophet* sei oder: dass sein Hans Castorp nicht mehr als ein *Dauergymnasiast* sei oder dass der siebenjährige Disput zwischen Naphta und Settembrini *keine Fortschritte zeitige* – verfehle den Gegenstand. Diese Art Kritik sei nicht viel mehr als Geschwätz, weil sie in viel zu platter Weise wahr sei. Dann könne man an der *Mona Lisa* auch kritisieren, dass sie *zu dick* sei. Das hieße: Das idealtypische Frauenbild einer Epoche zum Maßstab der Kritik machen.

Gleichwohl kritisiert Fabri den Stil so mancher Sätze Thomas Manns. Sie nicht zu bewundern, müsste man ein Barbar sein; aber er fordert den Leser auf, sich einige der Sätze Thomas Manns einmal laut vorzulesen: der Rhythmus, der Tonfall, die Zäsuren – alles an ihnen sei irgendwie vollkommen. Und doch seien diese Sätze oft *grammatikalische Monstren*. Sie hätten manchmal etwas Reißendes.

Die Sätze schießen oft wild ins Kraut. Sie haben etwas Bewegendes, aber keine Ordnung. Das scheint mir überhaupt das Merkmal dieser Sätze: sie erschöpfen sich darin, die Satzbestandteile herauszuarbeiten. Der Satz selber spielt dem gegenüber nur mehr die Rolle eines notwendigen Übels. Die meisten Sätze Thomas Manns gleichen regellos sich auftürmenden Geschieben; allem Raffinement der Konstruktion zum Trotz, verraten sie ein tiefes Unvermögen zur Konstruktion. Und doch sind diese Geschiebe großartig.

Man muss die Kritiken Fabris nicht umstandslos teilen. Aber sich ihrer zwingenden Logik entziehen, wird einem kaum gelingen. In einigen seiner Kritiken entwickelt Fabri eine Art Dialog: wägt das Pro und Contra ab und rät, den Dialog selbst fortzusetzen. *Hüten Sie sich nur, eine der beiden Stimmen zu bevorzugen. Halten Sie These und Antithese immer wieder in der Schwebe. Die eine auf Kosten der anderen zum Schweigen zu bringen, würde Sie nur arm machen.* Fabri neu zu entdecken, kann überaus anregend sein. Er liest sich frisch und aktuell wie eh und je. Sein Credo könnte gerade in diesen unruhigen Zeiten, die zum Innehalten gemahnen, lauten: *lesen, lesen, lesen Sie selbst*! Und lassen Sie sich dazu von guter Literaturkritik anregen.

Sprache in Corona-Zeiten

Der Duden 2020 enthält 3.000 neue Wörter. In einer Mitteilung des Verlages heißt es: *Unter den 3000 Neuaufnahmen befinden sich etliche Neologismen. Es sind zumeist Komposita, die aus vorhandenen Wörtern oder Wortteilen neu zusammengesetzt wurden, oder Übernahmen aus Fremdsprachen. Die Hoch-Zeit der Bearbeitung des Wörterverzeichnisses fiel mit der Corona-Pandemie zusammen, und so finden sich deren Spuren auch im Wörterbuch. Neu dabei sind Begriffe wie: Ansteckungskette, Atemschutzmaske, Covid-19, rückverfolgbar oder Social Distancing.*

Auffallend sind die vielen Anglizismen, die vor allem durch Corona Eingang in unseren Sprachschatz gefunden haben. Das gefällt nicht allen. Eine Zeitungsleserin bezweifelte unlängst sogar den Sinn des Wortes *Lockdown.* Sie schrieb: *Mich regt das Wort ‚Lockdown' auf. Nicht nur, weil es mal wieder englisch ist, sondern auch, weil es so unzutreffend ist: Es wird doch niemand eingesperrt. Gibt es wirklich kein besseres Wort?* Daraufhin antwortete ihr ein Sprachwissenschaftler, dass es sich dabei um ein *Lehnwort* aus dem Englischen handelt und das Englische wohl auf absehbare Zeit eine Quelle für solche Lehnwörter bleiben wird, weil es die Sprache der globalisierten Welt ist. Im Englischen sei das Wort tatsächlich negativ besetzt, da es das *Einsperren von Gefängnissassen in ihre Zellen während einer Gefahrensituation* bezeichnet. Weil wir das Wort im Deutschen jedoch ohne diese Bedeutung verwenden, sehe er darin kein Problem.

Dennoch fragt sich: Haben wir keine eigenen Wörter für *Home-Office*, *Home-Schooling*, *Hotspot*, *Superspreader*, *Inzidenz*, *Booster*, *Home-Cooking*, *Food to take away u.a.m.?* Uns wird empfohlen, unsere *Resilience* zu stärken, uns fit zu halten. Für all die, die nicht über das notwendige *Equipment* fürs Heimtraining verfügen, würde auch ein Werkzeugkoffer genügen. Auch damit könne man Übungen wie *Dips* für die *Trizepts-Muskulatur* machen; für die Beine werden *Bulgarian Split Sqats* empfohlen, für *Mountain Climber Bizeps Curls* als spezielles Armtraining. Sollte es zu Bodenkontakt kommen, empfehlen sich Putzlappen als *effektive Tools*. Für die Übungen werde kein *Personal Couch* benötigt. Den bräuchten eher Mütter, die wegen ihrer Mehrfachbelastung mittlerweile ihren *Corona-Lockdown-Stress-Peak* erreicht haben. Ob beschleunigte Impfungen dagegen helfen? *All you can vaccinate!*

Bis vor kurzem wusste ich nicht, was ein *Teaching Burger* ist. Dabei handelt es sich um *Anschauungsmaterial für den digitalen Unterricht.* Es gibt auch *Coaches,* die Schulungen im richtigen Umgang mit *digitalen Tools* anbieten. Sie geben Tipps für das Gelingen *virtueller Meetings. Edutrainment* nennt sich das. *Digital first, Bedenken second* plakatierte die FDP im letzten Wahlkampf. Man versteht: das Denken kommt zuletzt.

Es gibt viele *social bots,* die den überforderten Zeitgenossen Hilfe anbieten. Sie gibt es noch nicht im *live-stream,* aber es ist nur eine Frage der Zeit, bis es die entsprechenden *podcasts* geben wird. Immerhin: *Movies, Poetry Slams* und die *Gigs* berühmter Bands können mittlerweile als *gestreamte Performances* abgerufen werden; ein Angebot zum *chillen. Easy going poor* für *coole Hipster.*
Über einen neuen Roman heißt es: Er sei ein *absoluter Pageturner.*

Da ich über kein *Smartphone* verfüge, entgeht mir natürlich vieles. Während ich *offline* bin, erlebe ich, wie andere ständig *online* unterwegs sind: im Straßenverkehr, in der Kneipe: überall sieht man *User,* die wahrscheinlich Tag und Nacht *eingeloggt* sind. Per *Touchscreen checken* sie ihre *News;* die meisten haben zahlreiche *Apps* gespeichert. Die Anzahl der Apps scheint einiges über die gesellschaftliche Bedeutung einer Person auszusagen. Einige arbeiten ständig an ihrer *Performance.* Als Belohnung winken ihnen *Smileys* und diverse *Emojis.* Die meisten *User* sind *Follower,* andere betätigen sich als *Influencer.* Vielleicht nimmt daher auch das *Cyber-Mobbing* dramatisch zu. Eine regelrechte *Cancel Culture* hat sich mittlerweile entwickelt. *Gecancelt* werden vor allem Politiker und Journalisten; neuerdings auch bekannte Fußballer, denen man Beleidigungen und Drohungen schickt oder *Fake News* über sie verbreitet.

Eine heftige Debatte ist seit einiger Zeit darüber entbrannt, wie wir es mit dem *Gendern* halten. Die Stadt Köln lässt zur Zeit einen *Leitfaden für wertschätzende Kommunikation* erarbeiten. Sie will klären lassen, ob künftig das Behördendeutsch durch das *Gendersternchen* bereichert werden soll. Eine Leserin (!) des *Kölner Stadtanzeigers* befürchtet, dass dadurch die sprichwörtliche Ineffizienz der Verwaltung noch weiter zunehmen wird, *wenn sich die Herrschaften auch noch mit diesem Blödsinn befassen müssen.* Sie berichtet von ihren Erfahrungen mit einem Arztformular, das sie vor kurzem ausfüllen musste. Darin hieß es: *Die/der gesetzliche Vertreter/in…..; Die/der Patient/in ggf. ihr/sein gesetzlicher Vertreter bestätigt mit ihrer/seiner Unterschrift…. Usw.* Sie resümiert: *Ich versichere, dass ich mich nicht wertgeschätzt, sondern ermüdet und verärgert fühlte.*

Wie kam es überhaupt zu dieser Debatte? In einem Kommentar heißt es:

Zugespitzt hat sich der Streit am sogenannten generischen Maskulinum, das bei Personenbezeichnungen wie Lehrer, Schlosser, Soldat, Spion in Erscheinung tritt. Dienen sie in der Grundbedeutung der Bezeichnung von Männern oder sind sie geschlechtsneutral in dem Sinn, dass sie gar keinen Bezug zum natürlichen Geschlecht haben, also weder auf männlich oder weiblich noch auf inter, trans, queer und so weiter fixierbar sind? Ist es so, dann wäre durch das generische Maskulinum auch niemand diskriminiert, gleichgültig, welche Geschlechtsidentität er persönlich hat.

Vieles deutet darauf hin, dass die Diskussion uns noch länger begleiten wird. Zu hoffen ist, dass sich auch viele Männer daran beteiligen.

Was gibt es sonst noch an *News* in diesen trüben Zeiten? Im Kulturteil meiner Zeitung wird mitgeteilt: *Kölner Theater zeigt eine Aufführung im Split-Screen-Verfahren.* Und: zu einem *Relaunch* der Fotomesse wird es wegen Corona in diesem Jahr nicht kommen. Damit fehlt der Stadt ein weiterer *Event.*

Im Sportteil ist zu lesen, dass ein *Youngster* mit einem *Shootout* zum *Matchwinner* wurde und sich immer mehr zum *Top-Scorer* entwickelt. Dabei ist er natürlich auf *assists* seiner Mitspieler angewiesen. Ohne diese *Teamplayer* geht es nun einmal nicht. Wieder mussten einige Entscheidungen vom *Video Assistent Referee gecheckt* werden. Der siegreiche Trainer versichert nach dem *Match: Wir haben heute durch unser aggressives Pressing gewonnen.* Seine Aussage bekräftigt er mit dem obligatorischen: *Definitiv.* Zum Thema *Outing* von Fußballern möchte er sich nicht äußern. Und neuerdings versuchen auch Sportreporter *up to date* zu sein: Eine Mannschaft, die gut spielt, hat einen *Flow;* und der Spieler XY hat in letzter Zeit gut *performt*.

Leser beschweren sich, dass es zur *Primetime* zu viele Krimis und Quizsendungen gibt. Der Wohnungsverband warnt vor immer mehr *Donut-Dörfern*. *Whistleblower leaken* weiterhin Daten, auch wenn sie dafür eingesperrt werden können, wenn sie erwischt werden. Eine ganzseitige *SALE-Annonce* wirbt für *Sneaker;* immer mehr Banken bieten *Ebay-Accounts* an. Das *Crowd-funding* gewinnt an Bedeutung und *Freefloating-Unternehmen* haben eine *Weshare-App* entwickelt.

Soweit einige Beispiele aus der täglichen Zeitungslektüre. Ob sie eine Bereicherung unserer Sprache darstellen? Die Sprache prägt unser Denken. Als Konfuzius gefragt wurde, was er als Erstes ändern würde, wenn ihm die Regierung anvertraut würde, antwortete er: *Die Richtigstellung der Begriffe*. Stimmen die Begriffe nicht oder werden sie unscharf oder beliebig, wird unser Verständnis der Wirklichkeit diffus; wir büßen die Fähigkeit ein, sinnvoll zu kommunizieren. Darunter leiden die zwischenmenschlichen Beziehungen, und am Ende verliert die Demokratie.

John Dos Passos: Manhattan Transfer

Um die Zerrissenheit der amerikanischen Gesellschaft zu verstehen, ist es hilfreich, hin und wieder einen der großen Gesellschaftsromane zu lesen. Der Roman *Manhattan Transfer* von *John Dos Passos* (1896 – 1970) ist ein solcher. Er schildert aus der Perspektive zumeist kleiner Leute den Existenzkampf ums Überleben in der Großstadt New York. Der Roman erschien 1925; drei Jahre zuvor war der *Ulysses* von *James Joyce* erschienen; vier Jahre später *Berlin Alexanderplatz* von *Alfred Döblin*. Anders als bei den Letztgenannten gibt es in diesem Roman keine Hauptfigur, an der sich das Schicksal einer Generation ablesen ließe. Vielmehr wird ein regelrechtes *Figurengewimmel* entfaltet, wo sich alle wie zufällig begegnen, kreuzen und wieder aus den Augen verlieren. Jeder scheint in Bewegung zu sein und nahezu jeder scheitert, was ihn jedoch nicht hindert, bei nächster Gelegenheit einen neuen Anlauf zu nehmen. Nur nicht stillstehen, nur nicht aufgeben, immer in Bewegung bleiben – und sei es als Selbstzweck.

Der Schriftsteller Siegfried Lenz (*Deutschstunde*) schrieb 1979 über den Roman:

Er ist die Totalansicht eines steinernen Verhängnisses, aus dem es für die meisten kein Entrinnen gibt. Er ist die Beschreibung eines täglichen Kampfes, einer täglichen Jagd nach Erfolg, Liebe und Prestige in Straßenschluchten, Mietskasernen und Wolkenkratzern. ,Manhattan Transfer' ist ein epischer Krankheitsbericht vom ,Gipfel der Welt', wo allen Schicksalen am Ende nur eines bewiesen wird: ihre Belanglosigkeit. Und schließlich ist dieses Buch die geglückte Annäherung an die Wahrheit Manhattans: die Spielregeln, auf die der einzelne sich in allen Phasen der Selbstbehauptung festgelegt sieht, werden mit ihrem ganzen Folgenreichtum aufgedeckt.

Aber was sind die *Spielregeln,* und wer legt sie fest? Nun – es sind die Mechanismen des kapitalistischen Systems, die der Einzelne nicht durchschaut, geschweige denn beherrscht. Geradezu schicksalhaft schliddern sie alle hinein in die große Krise, die 1925 bereits ihre Schatten voraus wirft. Aber inmitten all der Verzweiflung und Resignation angesichts der sich verschlechternden wirtschaftlichen Lage gibt es auch Ansätze von Widerstand – z.B. streiken die Frauen einer Nähfabrik – und Keimformen von Klassenbewusstsein. Aber diese bleiben peripher und wirken im Ensemble des Romangeschehens eher wie bizarre Einschübe. So, wenn ein Mann, auf einer Seifenkiste stehend, an einer Straßenecke eine Rede hält und wettert:

Diese Burschen, Leute – genau solche Lohnsklaven, wie ich einer gewesen bin – sie setzen euch das Knie auf die Brust – sie reißen euch den Bissen vom Mund. Sie pressen uns aus wie die Zitronen, liebe Freunde, Kollegen, Arbeiter – Sklaven sollte ich lieber sagen. Sie stehlen uns die Arbeit, die Ideen und die Frauen. Sie bauen ihre Ritzhotels und ihre Millionärklubs und ihre Dollarmillionentheater und ihre Schlachtschiffe, und was lassen sie uns übrig? Uns lassen sie die Berufskrankheiten übrig und die Rachitis und einen Haufen schmutziger Straßen voller Mülleimer. Ihr seht blaß aus, Kollegen. Euch fehlt Blut. Warum pumpt ihr euch nicht ein bisschen Blut in die Adern? Die armen Leute im finsteren Russland – sie sind gar nicht so

*viel ärmer als wir – glauben an Vampire, Din-
ger, die nachts an einen rangehen und einem
das Blut aussagen.* Und das ist eben der Kapitalismus, ein Vampir, der euch das Blut aussaugt
– Tag und Nacht. Und am Schluss dieser
Passage heißt es: *Der Redner schlägt den Kragen hoch und geht mit schnellen Schritten ost-
wärts die Houston entlang, hält die schmutzige
Seifenkiste sorgfältig von der Hose ab.*

Derartige Reden bleiben folgenlos; ebenso
wie der verzweifelte Appell des Freundes
einer der streikenden Näherinnen, die angesichts der Aussichtslosigkeit des Streiks
resigniert hat:

*Das Schlimme mit uns Arbeitern ist, dass wir
nichts wissen, wir wissen nicht wie man richtig
isst, wir wissen nicht, wie man lebt, wir wissen
nicht, wie wir unsere Rechte verteidigen sollen.
Mein Gott, Anna, grade darüber sollst du nachdenken! Begreifst du denn nicht, dass wir mitten im Kampf stehen, ganz so, als ob Krieg wäre?*

Stellen wie diese zeugen vom Ausmaß der Verzweiflung unter den Beteiligten. Deren Schicksale werden zu einer Randerscheinung im Gesamtgeschehen, dem sie ausgeliefert sind. Oder wie Siegfried Lenz schreibt:

Die Auflehnungen, die Aufbrüche, die zahlreichen Versuche, verkorkstes Dasein noch einmal einzurenken, müssen verloren und episodenhaft anmuten angesichts des steinernen Riesen, der gleichmütig über alles hinweggeht. Vergeblichkeit: das ist, was Dos Passos an seinen hundert Charakteren demonstriert; Vergeblichkeit der Entwürfe, der Handlungen.

Was ist geblieben vom *amerikanischen Traum*, den so viele, vor allem die Einwanderer aus aller Herren Länder einst geträumt haben? Auf einem der Einwandererschiffe entspinnt sich folgender Dialog:

,Ich möchte eine Millionen Dollar dafür geben', *sagt der alte Mann, an seinem Riemen ruhend, ,um zu wissen, weshalb die alle zu uns kommen.' – ,Sie kommen eben einfach, Paps', sagt*

der junge Mann, der am Heck sitzt. ‚Leben wir denn nicht im Land der unbegrenzten Möglichkeiten?‘

Das ist natürlich blanker Zynismus. Realität ist, dass längst ein verbreiteter Fremdenhass, gepaart mit einem grassierenden Antisemitismus, herrscht. Beim Kampf um die raren Arbeitsplätze und schrumpfende Aufstiegsmöglichkeiten fürchten viele Einheimische die Konkurrenz der Immigranten. Schonungslos stellt Dos Passos diese sich wechselseitig verstärkenden Zusammenhänge dar. Eine seiner Figuren äußert sich wie folgt:

‚New York ist nicht mehr die Stadt, die sie einmal war, als Emily und ich hierher zogen, in der grauen Vorzeit. Heute ist ganz New York von Juden und irischen Bettlern überlaufen, daran liegt es eben. In zehn Jahren wird kein Christenmensch mehr imstande sein, sich hier sein Brot zu verdienen. Ich sage Ihnen, die Katholiken und die Juden werden uns aus unserem Vaterland vertreiben, ja, so weit wird es kommen.‘- ‚Das neue Jerusalem!‘ warf Tante Emily la-

chend ein. ‚Da gibt es gar nichts zu lachen. Und wenn ein Mann sein Leben lang fleißig war und sich ein Unternehmen aufgebaut hat, dann will er sich nicht von verdammten Ausländern hinausdrängen lassen, hab' ich recht?'- ‚Wissen Sie, unser Volk hat einen großen Fehler.' Mr. Wilkinson runzelte gewichtig die Stirn. ‚Unser Volk ist viel zu tolerant. In keinem Land der Welt würde man so etwas zulassen. Schließlich und endlich haben wir dieses Land aufgebaut, und dann lassen wir zu, dass diese verdammten Ausländer angelaufen kommen und uns ganz einfach das Ruder entreißen.'

Das ist die Sicht derer, die von Abstiegsängsten geplagt werden; die sich etwas aufgebaut haben und jetzt um ihre Besitzstände fürchten. Wie gesagt: als Dos Passos seinen Roman schrieb, waren die ersten Anzeichen der Weltwirtschaftskrise bereits spürbar. In einer Episode des Romans wird ein Gespräch zwischen einem Bankier und einem Aktionär geschildert. Der eine warnt den anderen, bloß keine Bergwerksaktien mehr zu kaufen. Er selbst hat alles verloren und bittet den anderen um einen Dollar.

Daraufhin meint dieser: ‚*Wie mir das ulkig vorkommt, dass ich einem Mann, der einmal halb Wall Street besessen hat, einen Dollar leihe.*'

Der *Sozialrassismus von oben* verdankt sich der realen Angst vor sozialem Abstieg. Wie hatte doch Siegfried Lenz geschrieben:

Das Wesen einer Stadt kann nicht anders, es muss an ihren Bewohnern dargestellt werden, an ihren Ängsten und Erwartungen, an ihren spezifischen Haltungen und Erfahrungen. Das galt für das Petersburg von Dostojewski und für das London von Dickens, für Döblins Berlin und für Kafkas Prag. In den Handlungen der Menschen wird das Gesetz der Stadt erkennbar.

Das Gesetz New Yorks, das ist der brutale Kampf Aller gegen Alle um einen Platz an der Sonne. Oder, wie es an einer Stelle des Romans heißt: *In New York geht es immer nur ums Geld.* Und zwar täglich aufs Neue.

Den Überlebenskampf seiner Figuren schildert Dos Passos *ohne Rücksicht auf die soziale*

Höhenlage. Während die vom sozialen Abstieg Bedrohten ihre Ängste auf die Immigranten abladen, landen diese in der Regel in der Arbeitslosigkeit bzw. in Gelegenheitsjobs, von denen sie nicht leben können. Der Wunsch, eine auskömmliche Arbeit zu finden und sesshaft zu werden, bleibt für Viele ein uneingelöstes Versprechen. Das Nachtasyl, irgendeine Drecksbude oder die Straße ist für sie die wahrscheinlichere Perspektive. Was bleibt, ist die große Desillusionierung, so wie sie einer der Protagonisten in einem Selbstgespräch artikuliert (zugleich ein Beispiel für die Sprachmächtigkeit des Autors):

Das Streben nach dem Glück – ein unveräußerliches Recht … Das Recht auf das Leben, das Recht auf die Freiheit – die Menschenrechte… Eine schwarze, mondlose Nacht. Jimmy Herf wandert einsam durch die South Street. Hinter den Lagerhäusern recken Schiffe schattige Skelette in den nächtlichen Himmel. ‚Jesus Maria, ich gebe zu, dass ich nicht mehr weiter weiß', sagte er laut. In all diesen Aprilnächten, wenn er einsam durch die Straßen schweifte, hatte ein

Wolkenkratzer ihn behext, ein zerfurchtes Gebäude, das mit zahllosen, funkelnden Fenstern emporschießt und aus einem dahinjagenden Himmel auf ihn herabstürzt… Und er wandert rund um die Häuserblocks, rund um die Häuserblocks, sucht den Eingang des summenden, flitterfenstrigen Wolkenkratzers, rund um die Häuserblocks, rund um die Häuserblocks, und noch immer kein Tor. Sooft er die Augen schließt, überfällt ihn der Traum, sooft er aufhört, in feierlichen, vernünftigen Phrasen mit sich selber zu räsonieren, überfällt ihn der Traum. Junger Mann, um Ihren Verstand zu retten, bleibt Ihnen nur zweierlei übrig… Bitte, mein Herr, wo ist der Eingang zu diesem Gebäude? Um den Block herum? Eben mal um den Block herum?… Eine unveräußerliche Alternative: Weggehen in einem schmutzigen Sporthemd oder bleiben in einem sauberen Stehkragen. Aber was hat es denn für einen Zweck, das ganze Leben lang dem Sodom und Gomorra entfliehen zu wollen? Wie sieht es denn aus mit deinen unveräußerlichen Menschenrechten? Sein Hirn haspelt Phrasen herunter, halsstarrig marschiert er weiter. Er hat kein besonderes

Ziel. Wenn ich nur noch an die Worte glauben könnte…

Eine Passage voller Symbolik. Eine einzelne Episode, die auf das Übergreifende, Allgemeine verweist, so wie die vielfältig miteinander verschränkten Geschichten der Einzelnen sich zum *Muster der Großstadt* verbinden. Und dieses *Muster* deutet die Gefahr an, dass sich die menschlichen Beziehungen unter dem Eindruck der Krise des Kapitalismus aufzulösen beginnen. Man könnte von einem *Klassenkampf von oben* sprechen. So äußert ein Arbeiter, der im Ersten Weltkrieg verwundet wurde: *Sie* (die Reichen; J.F.) *wissen, warum dieser Krieg gemacht wurde. Damit nicht die Arbeiter überall große Revolution machen. Sie sind zu beschäftigt, müssen kämpfen.*

Der Roman besticht vor allem auch durch seine stilistischen Elemente. Die ständigen Perspektivwechsel erzeugen einen Spannungsbogen, wie er ansonsten nur im Film durch die Technik sich ablösender Schnappschüsse erzielt wird. Man nannte

Dos Passos auch *das Kameraauge*. Er verzichtet auf die *traditionelle Kontinuität im Erzählprozess* und versucht, dem *Lebenstempo* der Großstadt gewissermaßen durch harte *Schnitte* nahe zu kommen. Als weiteres Stilmittel wechselt er übergangslos vom Imperfekt zum Präsens, um die Dialektik von *Nähe und Distanz aufrechtzuerhalten* – so wie dies der Film durch Rückblenden und Vorgriffe erreicht.

Der Roman ist von erstaunlicher Aktualität. Vieles liest sich wie eine Diagnose des zeitgenössischen Amerika. Wer dieses verstehen will, findet hier alles, was er zur Erklärung braucht: *Rassismus; Fremdenfeindlichkeit; Homophobie; Hass auf Immigranten und den Wunsch nach Abschottung.* Als Resümee lässt sich festhalten: *Der amerikanische Traum ist ausgeträumt.*

Anmerkungen zu Benjamins Baudelaire Studien

Ich beschränke mich im folgenden auf einige Leseerfahrungen mit den *Benjamin-Texten zu Baudelaire*. Sie haben mir das Verständnis der *Fleurs du mal* ermöglicht, und sie haben auch bewirkt, eigene *Paris-Erlebnisse* zu vertiefen und intuitiv wahrgenommene Eindrücke zu verarbeiten.

In den *Fleurs du mal* hat Baudelaire seine Erfahrungen und Wahrnehmungen mit dem Paris seiner Zeit dargestellt. Alle verwendeten Bilder und Begriffe sind nur vor dem Hintergrund dieses Kontextes überhaupt zu verstehen. In seinem Text *Zentralpark* hat Benjamin diesen Kontext detailliert analysiert. Es ist gewissermaßen die Signatur der Großstadt: die amorphe Masse der gleichsam unterschiedslosen Passanten; der Verkehr; die technischen Neuerungen in der Produktion; die Veränderungen des Alltagslebens; die Entstehung und Realität eines Literaturmarktes; die Transformation der Kunst zur Ware; die Ausbreitung der Prostitution als Kennzeichen des Zur-Warewerdens der Sexualität und der Frau als Person.

All diese Entwicklungen führen dazu, dass der Dichter Baudelaire sich einerseits dieser Umwelt immer stärker entfremdet fühlt; er sich aber gleichzeitig darüber im Klaren ist, dass diese Kontextbedingungen die Voraussetzung seines Werkes darstellen. Baudelaire ist sich über die Außenseiterrolle des Dichters in der Gesellschaft vollkommen bewusst und taucht als Flaneur doch immer wieder in den Strom des gesellschaftlichen Lebens ein, weil das die Inspirationsquelle seines Werkes ist – auch und gerade deshalb, weil er in schärfster Differenz und Feindschaft zu diesem steht.

In seiner Schrift *Über einige Motive bei Baudelaire* unternimmt Benjamin den Versuch, zentrale Begrifflichkeiten und Motive der *Fleurs du mal* aufzuhellen. Zunächst fragt sich Benjamin, welchen Leser sich Baudelaire wohl vorgestellt haben mag, als er die *Fleurs* schrieb? Baudelaire hat offensichtlich mit Lesern gerechnet, die mit Lyrik nicht sehr vertraut sind. Denen es an *Konzentrationsfähigkeit* fehlt; die *sinnliche Genüsse* anderer Art bevorzugen. Gleichwohl wollte Baudelaire verstanden werden, auch wenn er darum wusste, dass die *Bedingungen lyri-*

scher Produktion ungünstiger geworden waren. Gegenüber der Prosa hatte die Lyrik an Bedeutung verloren, passte nicht mehr in die Zeit der heraufziehenden – auch literarischen – Massenproduktion, die durch die Möglichkeiten der technischen Reproduktion begünstigt wurde.

Benjamin weist nach, dass das Aufkommen einer literarischen Massenproduktion zu veränderten Wahrnehmungsweisen führt. Deutlich wird dies am Aufkommen der Tageszeitungen und der damit verbundenen *journalistischen Produktionsweise*. Signum der journalistischen Information ist die Neuigkeit, Kürze und Verständlichkeit eines Textes. Das entspricht ihrem Warencharakter. Das nahezu ausschließlich Schielen auf die Sensation geht einher mit einer Verkümmerung menschlicher Erfahrungen: ja die journalistische Information musss diese geradezu gegen die Erfahrungen, die Menschen selber machen, *abdichten*. Die Menschen sollen konsumieren, nicht denken. Gerade ihre Zusammenhanglosigkeit ist es, die Informationen zu Konsumgütern macht.

Dagegen steht die *Erzählung* als eine der ältesten Formen menschlicher Mitteilung. In der Erzählung schwingt das *Leben des Berichtenden* immer irgendwie mit. Der Erzählung haftet noch die *Spur des Erzählenden* an, so wie man an der Tonschale noch die Spur der Töpferhand ablesen kann. Die Eigenschaften, Besonderheiten, Lebensumstände des Erzählers sind für das Verständnis der Erzählung von Bedeutung. Dem Erzähler kommt es gerade darauf an, diese als seine Erfahrungen an den Zuhörer weiter zu geben.

Was aber, wenn die *lyrische Poesie* eines Baudelaire – aufgrund der dargestellten Veränderungen der gesellschaftlichen Bedingungen und Wahrnehmungsweisen - an die Erfahrungen der Leser gar nicht mehr heranreicht? Wenn die Erfahrungen des Autors und die der Leser nicht mehr kompatibel sind?

Um diesen Sachverhalt aufzuhellen, muss geklärt werden, was überhaupt *Erfahrungen* sind. Wie es dem Autor gelingt, sich die eigenen Erfahrungen zugänglich zu machen. Ob es ihm überhaupt gelingt – gelingen kann.

In dieser Lage wird man bei der Philosophie nachfragen. Dabei stößt man auf einen eigentümlichen Sachverhalt. Seit dem Ausgang des vorigen Jahrhunderts stellte sie eine Reihe von Versuchen an, der ‚wahren' Erfahrung im Gegensatze zu einer Erfahrung sich zu bemächtigen, welche sich im genormten, denaturierten Dasein der zivilisierten Massen niederschlägt. Dabei beriefen sich Philosophen wie *Dilthey* nicht auf die gesellschaftlichen Bedingungen von Erfahrung, sondern auf die Dichtung als einer reflexiven Form der Erfahrungsverarbeitung. Neben Dilthey weist Benjamin auf *Bergson* hin.

Im Werk von Marcel Proust wird schließlich das Exempel auf die philosophischen Erwägungen gemacht. Proust weist zunächst einmal darauf hin, dass zwischen dem gelebten Leben (*vita activa*) und dem *reflektierten* (*vita contemplativa*) eine erhebliche Differenz besteht, da erlebte Erfahrungen sich nur über das Gedächtnis erschließen lassen. Proust stellt jedoch infrage, ob es ein *reines* Gedächtnis, wie bei Bergson unterstellt, überhaupt gibt. Proust unterscheidet vielmehr ein *unwillkürliches* von einem *willkürlichen* Gedächtnis, das meist der *Botmäßigkeit der Intelligenz* unterliegt.

Gerade in dem Versuch, sich der Begebenheiten der eigenen Kindheit zu erinnern, erblickt Proust eine Reihe von nahezu unüberwindlichen Schwierigkeiten. Viele Ereignisse lassen sich kaum noch erinnern; andere nur in gereinigter, durch die Vernunftinstanz vermittelter Form; und wieder andere treten in nahezu authentischer, reiner Form ins Bewusstsein. *Ebenso ist es mit unserer Vergangenheit. Vergebens versuchen wir sie wieder heraufzubeschwören, unser Geist müht sich umsonst.* Das sagt immerhin kein Geringerer als Proust, der sich nun wahrlich auf die *Suche nach der verlorenen Zeit* der Kindheit gemacht hat.

Freud hat im Anschluss an Proust und Bergson in seiner Schrift *Jenseits des Lustprinzips* von 1921 eine Korrelation von Gedächtnis und Bewusstsein eingeführt. Auf dieser Grundlage hat dann Reik (ein Schüler Freuds (?)) seine Theorie des Gedächtnisses entwickelt. Darin heißt es: *Die Funktion des Gedächtnisses ist der Schutz der Eindrücke. Die Erinnerung zielt auf ihre Zersetzung. Das Gedächtnis ist im wesentlichen konservativ, die Erinnerung destruktiv.*

Diese Aussage beruht auf einer Einsicht Freuds, der von der Annahme ausging, *das Bewußtsein entstehe an der Stelle einer Erinnerungsspur.* Damit verbindet sich die Vorstellung, dass im Prozess der Bewusstwerdung die einzelnen Erinnerungen geformt, domestiziert, rationalisiert – in jedem Fall so bearbeitet werden, dass Subjekte mit ihnen *leben* können. Konsequenterweise sagt Freund dann auch, dass Erinnerungsreste oft am stärksten und haltbarsten (sind), wenn sie niemals zu Bewusstsein gekommen sind. Die Funktion des Bewusstseins besteht nach Freud darin, als *Reizschutz* zu fungieren. *Für den lebenden Organismus ist der Reizschutz eine beinahe wichtigere Aufgabe als die Reizaufnahme...* Dadurch wird das Individuum vor einer drohenden Reizüberflutung und deren gleichmachenden, zerstörenden Folgen geschützt.

Eine solche Bedrohung besteht z.B. dadurch, dass der Einzelne *Choks* erleidet. Choks können traumatische Wirkungen auslösen, da sie geeignet sind, den Reizschutz, den das Bewusstsein aufrecht erhält, zu durchbrechen. An Unfallopfern lässt sich diese Annahme überprüfen. Diese reproduzieren oft ihre Erlebnisse (alb)-

traumhaft. *Durch den Traum und dessen bewußte Bearbeitung wird der Versuch unternommen, zur Reizbewältigung beizutragen. Gelingt diese nicht, kann das auf Dauer zu Neurosen führen.*

Das Bewusstsein ist auf zweierlei Weise für die Bearbeitung von Choks relevant: es dient der *Chokrezeption* und damit der Bewusstwerdung von Choks; und auf diese Weise gleichzeitig der *Chokbewältigung. Daß der Chok derart abgefangen, derart vom Bewußtsein pariert werde, gäbe dem Vorfall, der ihn auslöst, den Charakter des Erlebnisse im prägnanten Sinne.*

Diese Funktion von Choks ist für das Verständnis der Baudelairschen Lyrik von größter Bedeutung. Der Chok hat hier die Aufgabe, einen Vorfall *(unmittelbar der Registratur der bewußten Erinnerung ihn einverleibend) für die dichterische Erfahrung (zu) sterilisieren.*
Die Chokfunktion vermittelt mithin zwischen dem (reinen, noch unbewussten) Erlebnis und der (bewussten) Verarbeitung desselben zur Erfahrung.

Für Baudelaire bildet vor allem die moderne Großstadt den Erfahrungsraum für *Chokerlebnisse*: z.b. die Bewusstwerdung der Vereinzelung und der Entfremdung (des Dichters) in der Menge; die diversen Wahrnehmungsveränderungen durch technische Apparate (Photographie); neue Produktionsverfahren mithilfe von Maschinen (Ablösung des Handwerks, das auf *Übung* und Erfahrungswissen beruhte, durch Manufaktur und industrieller Massenproduktion); neue Verkehrsmittel (die Überquerung der Straße als Gefahr) – all das sind Quellen von Chokerlebnissen, die Baudelaire für die dichterische Verarbeitung nutzt.

Benjamin führt eine Reihe von Textstellen auf, die auf die Veränderungen des modernen Großstadtlebens rekurrieren: Engels; Poe; Heine; E.T.A. Hoffmann, Valérie usw. Und schließlich Marx, dessen Analyse der modernen Maschinerie die Abrichtung des Subjekts für neue Produktionsprozesse schildert: die frühzeitige Dressur zur Disziplin; die Zusammenhanglosigkeit der einzelnen Arbeitsaufgaben für den Arbeiter; kurzum: die verschiedenen Aspekte, die Marx in seiner Entfremdungstheorie dargestellt hat: die Trennung des Arbeiters von seinen Produktionsmitteln; die Trennung vom Produkt; die Vereinzelung gegenüber den Produzenten und die Trennung des einzelnen Arbeiters und seiner Tätigkeit vom Gesamtproduktionsprozess.

Immer wieder verweist Benjamin auf die damit einhergehende Veränderung der subjektiven Wahrnehmungsweisen. Z.B. anhand von Poe, der angesichts der Begegnung des einzelnen mit der Masse der Passanten auf den absurden Zusammenhang von *Wildheit und Disziplin* verweist: *Die Passanten benehmen sich so, als wenn sie, angepaßt an die Automaten, nur noch automatisch sich äußern könnten. Ihr Verhalten ist eine Reaktion auf Choks.* Poe beobachtet vom Café aus, wie sich Passanten verhalten, die in der Menge aufeinander prallen. *Wenn man sie anstieß, so grüßten sie diejenigen tief, von denen sie ihren Stoß bekommen hatten.*
Selbst deren Lächeln gibt Anlass, darüber nachzudenken, was es zu bedeutet hat. Das keep smiling des modernen Menschen in der Masse wirkt wie ein *mimischer Stoßdämpfer*. Es geht ins Leere und entbehrt nahezu jeder Funktion. Es hat keinen Adressaten mehr.

Ein Aspekt der Wahrnehmungsveränderung ist die *Zeiterfahrung*. In der modernen Arbeitswirklichkeit ist Zeit reine Quantität. Maßstab der Berechnung. Alles wiederholt sich nur. Die Zeit wird qualitätslos. Im Gegensatz zum Spiel, das mit dem Erleben von Freude, Emotion und Lernprozessen verbunden war. *Der Begriff des Spiels beinhaltet, daß keine Partie von der vorhergehenden abhängt. Das Spiel will von keiner gesicherten Position wissen. ... Verdienste, die vorher erworben sind, stellt es nicht in Rechnung, und darin unterscheidet es sich von der Arbeit. Das Spiel macht mit der gewichtigen Vergangenheit, auf die sich die Arbeit stützt ... kurzen Prozeß.* Das Spiel beginnt stets von Neuem und bietet ständig die Möglichkeit von Gewinn und Verlust. Die Arbeit besteht dagegen mehr und mehr in der Wiederholung immer gleicher Vorgänge und ihrer rein quantitativen Reproduktion.

Vom Spiel im traditionellen oder kindlichen Sinne unterscheidet Benjamin das *Hasardspiel*. Der Hasardeur ist der, der das Risiko liebt; der die Vernunft außen vor lässt; der alles *auf eine Karte setzt*; dem es nicht um die allmähliche Anhäufung von Geld geht. Zwar will auch der Hasardspieler gewinnen. *Doch wird man sein Bestreben, zu gewinnen und Geld zu machen, nicht einen Wunsch im eigentlichen Sinne des Wortes nennen wollen. Vielleicht erfüllt ihn im Inneren Gier, vielleicht eine finstere Entschlossenheit. Jedenfalls ist er in einer Verfassung, in der er nicht viel Aufhebens von der Erfahrung machen kann.*

Für die Erfahrung, die im letzten Spiel zum Gewinn geführt hat, kann sich der Hasardeur nichts kaufen. Für ihn zählt nur das neue Spiel, die nächste Karte, die nächste Kugel auf dem Roulett. *Das Immer-wieder-von-vorn-Anfangen ist die regulative Idee des Spiels (wie der Lohnarbeit).*
Der Dichter hat mit diesem Spieler einiges gemein: *Der Dichter nimmt nicht am Spiele teil. Er steht in seiner Ecke; nicht glücklicher als sie, die Spielenden. Er ist auch ein um seine Erfahrung betrogener Mann, ein Moderner. Nur schlägt er das Rauschgift aus, mit dem die Spielenden das Bewußtsein zu übertäuben suchen, das sie dem Gang des Sekundenzeigers ausgeliefert hat.*

Die Veränderungen in der Wahrnehmungsweise führen dazu, dass der moderne

Mensch ständig in einem Zustand ist, der es
ratsam erscheinen läßt, *auf der Hut* zu sein.
Jede Sekunde findet das Bewußtsein auf dem
Plan, um einen Chok abzufangen. Das gilt für
das Verhalten im Verkehr, wo ständig die
Gefahr droht, zu verunglücken. Das gilt für
das *Bad in der Menge* und der Möglichkeit,
ja Wahrscheinlichkeit, dass sich die Wege
mehrerer Personen kreuzen. Das gilt angesichts der Präsenz von Kameras, mit der
dadurch gegebenen Möglichkeit, Ereignisse
in Ton und Bild für die Ewigkeit festzuhal-
ten. So ist für Benjamin der Film gerade
dasjenige Medium, das durch die ständig
wechselnde Abfolge von Bildern und Sze-
nen *die chokförmige Wahrnehmung zum Prin-*
zip macht.

Die Illusion, mittels der Kamera Erinnerungen oder gar Erlebnisse ‚festhalten‘ zu wollen – ist symptomatisch für die Moderne.
Gerade aber dadurch wird signifikant, dass
die Aura – der natürliche, durch Erfahrung
gesättigte Raum des Erlebens – endgültig
zerstört ist. *Für den, der keine Erfahrung mehr*
machen kann, gibt es keinen Trost. So hat die
Photographie für Baudelaire wesentlichen
Anteil am Verfall der Aura. *Die ständige Be-*
reitschaft der willentlichen, diskursiven Erinne-

rung, *die von der Reproduktionstechnik begüns-*
tigt wird, beschneidet den Spielraum der Phan-
tasie. Die Abfolge der Bilder suggeriert ein
Erleben, das in der Reproduktion nicht
wieder eingefangen werden kann.

Im Gegensatz zur Kunst, in die Übung und
Können eingehen und in der der Künstler
seine Seele mitgibt, beruht die fotographi-
sche oder filmische Wiedergabe der Realität
auf kruder mechanischer Reproduktion, wo
oft der Anlass für die Aufnahme von Bildern schon kaum noch ins Gewicht fällt.
Angesichts der Masse von Kunstbildern,
wie sie die Werbung, die Schaufensteraus-
lagen und die Medien bis zur Überfülle bieten, geht den Augen allmählich das Vermögen abhanden, zu blicken. *Das Auge des*
Großstadtmenschen ist mit Sicherungsfunktio-
nen überlastet. Die Menschen sind eher dabei, Bilder abzuwehren, als sich ihnen zu
öffnen. *Wer sieht, ohne zu hören, ist viel beun-*
ruhigter, als wer hört, ohne zu sehen, zitiert
Benjamin Georg Simmel. Tendenziell wird
das Auge des Großstadtmenschen überfor-
dert: durch den ständigen Zwang, auf-
merksam zu sein und auf Verkehrsmittel
und Mitmenschen zu achten, um Zusam-
menstößen zu entgehen. Das führt dazu,

dass gerade dort, wo sich viele Menschen begegnen, sie sich stundenlang ansehen müssen, ohne miteinander zu sprechen. *Der sichernde Blick enträt der träumerischen Verlorenheit an die Ferne.*

Für Baudelaire ist diese Erfahrung der Moderne in all ihren verführerischen und zerstörerischen Aspekten konstitutiv für seine Lyrik. Sie stellt den Versuch dar, die chokartigen Erlebnisse künstlerisch zu verarbeiten und durch ihre Bewusstwerdung zu bewältigen. So gilt nach Benjamin für den Künstler im übertragenen wie wörtlichen Sinne: *Von der Menge mit Stößen bedacht worden zu sein, ist für Baudelaire maßgebende, unverwechselbare Erfahrung.* Baudelaire hat diese moderne Welt gehasst; aber er fühlte sich gleichzeitig von ihr angezogen – oder sollte man besser sagen: *aufgesogen,* denn sie bot ihm das Material und den Anlass für seine Dichtung.

So zieht auch Benjamin das folgende, durchaus zwiespältige Resümee hinsichtlich der Lyrik Baudelaires: *Um sich ihre Niedertracht einzuschärfen, faßt er den Tag ins Auge, an dem sogar die verlorenen Frauen, die Ausgestoßenen, so weit sein werden, einer ge-*

ordneten Lebensweise das Wort zu reden, über die Libertinage den Stab zu brechen und nichts mehr außer dem Gelde bestehen zu lassen. Verraten von diesen seinen letzten Verbündeten, geht Baudelaire gegen die Menge an; er tut es mit dem ohnmächtigen Zorne dessen, der gegen den Regen oder den Wind angeht. So ist das Erlebnis beschaffen, dem Baudelaire das Gewicht einer Erfahrung gegeben hat. Er hat den Preis bezeichnet, um welchen die Sensation der Moderne zu haben ist: die Zertrümmerung der Aura im Chokerlebnis. Das Einverständnis mit dieser Zertrümmerung ist ihn teuer zu stehen gekommen. Es ist aber das Gesetz seiner Poesie. Sie steht am Himmel des zweiten Kaiserreiches als ‚Gestirn ohne Atmosphäre'.

In Baudelaire finden wir einen Gleichgesinnten, der uns mit seiner Sensibilität für die Verheerungen der Moderne selbst sensibel gemacht hat. Vielleicht überkommt den einen oder anderen angesichts der immer neuen *Wellen an Zumutungen*, die auf uns einstürzen, etwas von dem *ohnmächtigen Zorn*, mit dem Baudelaire in seiner Zeit und mit seinen dichterischen Mitteln dagegen angegangen ist.

*

Einige einschlägige *Zitate* aus Benjamins
Texten *Zentralpark* und *Über einige Motive
bei Baudelaire*:

*Das Tempo des Flaneurs ist mit dem Tempo der
Menge (...) zu konfrontieren. Es stellt einen
Protest gegen dieses dar.*
*Die Langeweile im Produktionsprozeß entsteht
mit seiner Beschleunigung (durch die Maschine). Der Flaneur protestiert mit seiner ostenta-
tiven Gelassenheit gegen den Produktionsprozeß.*
*In der Schlüsselfigur der Einsamkeit vollzieht
sich der Stillstand der Produktivkräfte – ein
Abgrund trennt den Menschen von seinesgleichen.*
Der Nebel als Trost der Einsamkeit
*Wenn es ausgemacht erscheinen kann, daß die
Sehnsucht des Menschen nach einem reineren,
unschuldvolleren und spirituelleren Dasein als
ihm gegeben ist, notwendig nach einem Unter-
pfande in der Natur sich umsieht, so hat sie es
meist in irgendwelchen desselben Wesens der
Pflanzenwelt oder des Tierreichs gefunden. Anders bei Baudelaire. Sein Traum nach solchem
Dasein weist die Gemeinschaft mit jeder irdi-
schen Natur zurück und hängt nur den Wolken
nach. Im ersten Stück des Spleen de Paris ist es*

ausgesprochen. *Viele Gedichte nehmen Wolkenmotive auf. Die Entweihung der Wolken ist die furchtbarste.*

Die Sensibilität ist das wahre Sujet der Poesie. Die Sensibilität ist ihrer Natur nach leidend.

Die gegenständliche Umwelt des Menschen nimmt immer rücksichtsloser den Ausdruck der Ware an. Gleichzeitig geht die Reklame daran, den Warencharakter der Dinge zu überblenden. Der trügerischen Verklärung der Warenwelt widersetzt sich ihre Entstellung ins Allegorische. Die Ware sucht sich selbst ins Gesicht zu sehen.

Wenn es die Phantasie ist, die der Erinnerung Korrespondenzen darbringt, so ist es das Denken, das ihr die Allegorien widmet. Die Erinnerung führt beide zueinander.

B. war ein schlechter Philosoph, ein guter Theoretiker, unvergleichlich aber war er allein als Grübler. Vom Grübler hat er die Stereotypie der Motive, die Unbeirrbarkeit in der Abweisung alles Störenden, die Bereitschaft, jederzeit das Bild in den Dienst des Gedankens zu stellen.

Erstarrte Unruhe ist auch die Formel für B.s Lebensbild, das keine Entwicklung kennt.

Der Chok als poetisches Prinzip bei B.

B.s Dichtung bringt das Neue am Immerwiedergleichen und das Immerwiedergleiche am Neuen in Erscheinung. Dialektik der Warenproduktion: Die Neuheit des Produkts bekommt (als Stimulans der Nachfrage) eine bisher unbekannte Bedeutung; das Immerwiedergleiche erscheint sinnfällig in der Massenproduktion zum erstenmal.

Das Andenken ist die säkularisierte Reliquie. Das Andenken ist das Komplement des Erlebnisses. In ihm hat die zunehmende Selbstentfremdung des Menschen, der seine Vergangenheit als tote Habe inventarisiert, sich niedergeschlagen...das Andenken (kommt) von der abgestorbenen Erfahrung her, welche sich, euphemistisch, Erlebnis nennt. (Ähnlich verhält es sich mit Fotographien, die ein Erlebtes festhalten wollen, das es möglicherweise gar nicht gegeben hat.)

Der Begriff des Fortschritts ist in der Idee der Katastrophe zu fundieren. Daß es ‚so weiter' geht, ist die Katastrophe. Strindbergs Gedanke:

die Hölle ist nichts, was uns bevorstünde – sondern dieses Leben hier.

Pariser Straßen: Abgründe, über denen hoch oben die Wolken dahinziehen.

Für den Dialektiker kommt es darauf an, den Wind der Weltgeschichte in den Segeln zu haben. Denken heißt bei ihm: Segel setzen. W i e sie gesetzt werden, das ist wichtig. Worte sind bei ihm nur die Segel. Wie sie gesetzt werden, das macht sie zum Begriff.

Die eminente sinnliche Verfeinerung eines B. hält sich gänzlich frei von Gemütlichkeit. Diese grundsätzliche Inkompatibilität des sinnlichen Genusses mit der Gemütlichkeit ist das entscheidende Merkmal wirklicher Sinneskultur.

In den ‚Fleurs du mal‘ gibt es nicht die leisesten Ansätze zu einer Schilderung von Paris. Das würde genügen, um sie von der späteren ‚Großstadtlyrik‘ entscheidend abzuheben. B. spricht in das Brausen der Stadt Paris hinein wie einer, der in die Brandung spräche.

Die Heimat des schöpferischen Ingeniums ist nach B.s Erfahrung der Herbst. Der große Dichter ist gleichsam das Herbstgeschöpf.

Notizen zu Faulkner

Beschäftige mich einmal mehr mit *William Faulkner,* mit dem ich mich immer schwer getan habe. Dazu lese ich die ausgezeichnete Monographie von *Peter Nicolaisen,* die hilft, Faulkners literarisches Credo zu verstehen. Da heißt es z.B.:

Faulkner hat den Ruhm nicht gesucht. Sein Maßstab war nicht das öffentliche Echo, sondern die dem Künstler gestellte Aufgabe, nach Vollkommenheit zu streben. Faulkner selbst schreibt: *Die einzige Verantwortung, die ein Schriftsteller hat, besteht seiner Kunst gegenüber. Wenn er ein guter Schriftsteller ist, kennt er kein Erbarmen. Er ist durch und durch unmoralisch, denn um seine Arbeit tun zu können, würde er rauben, borgen, betteln, stehlen. Um ein Buch zu vollenden, wirft der Schriftsteller alles über Bord, seine Ehre, seinen Stolz, seinen Anstand, seine Sicherheit, sein Glück. Die Kunst hat nichts mit Frieden und nichts mit Zufriedenheit zu tun. Der Künstler hat keine Bedeutung. Nur was er schafft, ist wichtig.*

Interessant sind vor allem die Schilderungen der Arbeitsweise Faulkners. Über seinen Roman *Schall und Wahn* – Faulkners

Lieblingsbuch, weil er sich am schwersten damit getan hatte – sagt er selbst:

Das Buch hatte seinen Ursprung in einer Kurzgeschichte. Während der Beerdigung ihrer Großmutter werden die Kinder fortgeschickt, weil sie das Ereignis nicht verstehen können. Sie waren zu jung, um sie wirklich zu begreifen. Faulkner fährt fort: *Dann wollte ich prüfen, wie viel mehr ich aus dem Gedanken der blinden, egoistischen Unschuld, wie sie Kinder verkörpern, herausholen könnte, wenn eins dieser Kinder wahrhaft unschuldig, also ein Idiot wäre. So wurde der Idiot geboren, und dann beschäftigte mich das Verhältnis des Idioten zur Welt, die ihn umgab und mit der er nie fertig werden würde – und woher würde er die Zärtlichkeit, die Hilfe erhalten, die ihn in seiner Unschuld beschützen könnten. Und so entstand die Figur der Schwester, dann der Bruder Jason* usw.

Um die Perspektiven der jeweiligen Figuren verstehen zu können, reihte sich Kapitel an Kapitel, und so entstand aus der ursprünglichen Kurzgeschichte der Roman, der aus vier Teilen besteht, jeweils erzählt aus der Perspektive einer der Figuren. Der Roman ist keine Familienchronik – das wäre ein fatales Missverständnis. Faulkner geht es um das *Ausgeliefertsein des Menschen an die Zeit, um sein Verstricktsein in Beziehungen, denen er nicht entrinnen kann, und um seinen verzweifelten Versuch, seiner Existenz einen Halt zu verleihen, der im Absoluten gründet und die Vergänglichkeit des Lebens überwindet.* Es ist der Konflikt zwischen *Zuständlichkeit und Bewegung, zwischen dem Verlangen nach ewiger Reinheit und einer naturbedingten Veränderung.* Ein Grundkonflikt, der Faulkner auch in anderen Werken beschäftigt; vielleicht ist es eine der existentiellen Fragen, die sein eigenes Leben betreffen.

Faulkner setzt in seinen Romanen die erzählerischen Experimente von *Joyce* fort, dessen Einfluss auf sein Schreiben er jedoch leugnet. Vielmehr bewundert er *Thomas Mann,* insbesondere dessen *Buddenbrooks.* Faulkner *war wohl nicht bewusst, wie weit er sich selbst von den herkömmlichen Erwartungen an die erzählende Literatur entfernt hatte – jegliche Theorie des Romans blieb ihm fremd. Es ist denkbar, dass sein Leben in der Zurückgezogenheit der Provinz solche Haltung förderte; jedenfalls dürfte es seine Abneigung gegenüber*

dem theoretischen Gespräch entgegengekommen
sein.

Faulkner geht es stets darum, konsequent
*die subjektive Erfahrung des einzelnen wieder-
zugeben.* Diese schildert er in einer Fülle *innerer Monologe,* die von der *Leidensfähigkeit*
ihrer Charaktere, ihrem Wunsch nach Liebe
und ihrem *stummen Protest gegen die Bedingungen der menschlichen Existenz* zeugen.
Ein Beispiel aus dem Roman *Als ich im Sterben lag:*

*Als Cora Tull mir sagen wollte, ich sei keine
gute Mutter, dachte ich daran, wie Wörter ge-
radewegs in dünner Linie rasch und harmlos
zum Himmel aufsteigen und wie schrecklich das
Tun auf der Erde hinschleicht, sich an sie fest-
klammert, so dass nach kurzer Zeit die beiden
Linien schon zu weit auseinander sind, als dass
derselbe Mensch noch von der einen zur anderen langen könnte; und dass Sünde und Liebe
und Furcht nur Schall sind, den jene Leute, die
nie sündigten oder liebten oder fürchteten, an
Stelle dessen besitzen, was sie nie hatten oder
nie haben werden, ehe sie nicht die Wörter vergessen. Wie Cora Tull, die nie auch nur kochen
konnte.*

Besonders interessant ist Faulkners Versuch, sich in die Sphäre des *vorsprachlichen Wissens und Bewusstseins* vorzutasten, jenem Bereich, der aller Logik und Vernunft entbehrt und am ehesten als Traumlandschaft charakterisiert werden kann. Auch dazu ein Beispiel aus *Absalom Absalom:*

Aber du hörtest nicht zu, denkt er, weil du es bereits wusstest, erfahren und ohne das Medium der Sprache aufgenommen hattest, schon dadurch irgendwie, dass du in seinem Umkreis geboren wurdest und gelebt hast, so dass alles, was dein Vater sagte, dir eigentlich nichts mitteilte, sondern mit jedem Wort die empfänglichen Saiten der Erinnerung in Schwingungen versetzte.

In all seinen Romanen beschäftigt sich Faulkner mit dem Phänomen der Vergänglichkeit der Zeit; den fragmentierten menschlichen Wahrnehmungen und Erinnerungen; der Relativität der Gebundenheit des einzelnen an das Hier und Jetzt. Für Faulkner bleibt jede Form der *Wirklichkeitserfahrung* an das erkennende Subjekt gebunden und damit bruchstückhaft: *Ich glaube, dass kein einzelner Mensch die Wahrheit erblicken kann. Sie blendet ihn. Sie sehen hin und nehmen nur einen Teil der Wahrheit in sich auf. Ein anderer wieder sieht nur ein leicht verzerrtes Stück davon. Doch die Wahrheit selbst ist das, was sie alle zusammen gesehen haben, obgleich niemand von ihnen die Wahrheit ganz gesehen hat.*

Die Affinität zur Hegelschen Erkenntnistheorie ist unverkennbar. Nur selten schildert Faulkner die objektive Beschaffenheit der Dinge, die er darstellt; ihn interessiert vielmehr, welche Wirkung von den Dingen auf das Subjekt ausgehen; was der einzelne empfindet, der mit bestimmten Dingen oder Situationen konfrontiert wird. Faulkners Skeptizismus im Hinblick auf die menschliche Fähigkeit, die Wahrheit zu erkennen, spiegelt sich auch in seiner Auffassung der Zeitproblematik wider:

Die Vergangenheit ist niemals tot. Sie ist nicht einmal vergangen, heißt es in Requiem für eine Nonne. Der Satz, oft zitiert, erinnert an Faulkners Theorie, dass die Zeit etwas Fließendes ist, das existent wird nur als punktuelle Inkarnation im einzelnen Menschen. Es gibt kein <es war>, nur ein <es ist>. Gäbe es ein <es war>, dann gäbe es weder Schmerz noch Sorge. Was hier formuliert werden soll ist nicht nur *eine bestimmte Auffassung vom Wesen der Zeit, sondern ebenso das Bewusstsein von der Unzulänglichkeit unserer Sprache und der Kategorien unserer Vernunft angesichts einer Wirklichkeit, die sich ständig verflüchtigt und der begrifflichen Festlegung entzieht.*

Aus dieser Auffassung vom Wesen der Zeit zieht Faulkner die Konsequenz, dass das chronologische Erzählen keinen Sinn macht. Von daher erklärt sich die Tatsache, dass es in seinen Romanen immer wieder große Zeitsprünge gibt; Vergangenheit, Gegenwart und Zukunft einander überlagern und scheinbar beliebig ablösen. Oft lässt Faulkner seine Leser im Ungewissen, ob sich ein Ereignis überhaupt so zugetragen hat, wie seine Figuren sie schildern. Daher die ständigen Perspektivwechsel. Daran wird deutlich, was Erzählen für Faulkner eigentlich bedeutet:

Für ihn ist es die Annäherung an das, *was gewesen sein könnte, und ein Prozess, der immer neuer Korrekturen bedarf.*

Da Geschichte nicht als ein objektives, begrifflich fassbares Gegenüber erfahren wird, treten Ahnung und Intuition an die Stelle rationaler

Erkenntnis; die Vergegenwärtigung der Vergangenheit gewinnt die Eigengesetzlichkeit eines Traums. Die Sprache hat im Grunde Unmögliches zu bewältigen, gilt es doch oftmals, Empfindungen zu formulieren, die sich sprachlicher Fixierung widersetzen, weil sie allein im Dunkel des Vorbewußten existieren. Die Sprache, heißt es einmal, ist nichts als ein dünner und schwacher Faden, an welchem sich hier und da für einen Augenblick die geheimen Einsamkeiten der Menschen mit ihren Ecken und Kanten oberflächlich verfangen, ehe sie wieder der Dunkelheit anheimfallen, worin das Rufen der Seele am Anfang ungehört verhallte und am Ende der Tage ebenso ungehört verhallen wird. Eben diese Dunkelheit versucht Faulkner zu erhellen.

Die Merkmale des Faulknerschen Erzählens lassen sich wie folgt zusammenfassen: Er schafft es, auf engstem Raum zahlreiche Merkmale von Personen und ihren Wahrnehmungen darzustellen, ihre enge Verkettung mit den Umständen des Geschehens zu schildern; gleichzeitig vermittelt er eine Fülle sinnlicher Eindrücke, die auf das Bewusstsein der Beteiligten einwirken. Auf diese Weise gelingt es ihm, eine ungeheure Komplexität an Erfahrungsweisen aufzuzeigen, wobei die Ahnungen und Intuitionen der Figuren mehr zählen als rationale Fähigkeiten. Faulkner geht es um die persönliche, existentielle Betroffenheit der Einzelnen, um ihr Gefühl, dass sich die Welt ihrer bemächtigt hat und sie mit sich fortreißt. Dies könnte man als Faulkners unverkennbaren Skeptizismus bezeichnen, dem er sich konsequent verschrieben hat. Gerade das macht sein Größe aus.

Ist Marx noch aktuell?

Vor 150 Jahren erschien *Das Kapital* von *Karl Marx*. Kaum ein wissenschaftliches Werk hat die sozial-ökonomischen Debatten des 20. Jahrhunderts dermaßen inspiriert wie *Das Kapital*; die ‚Bibel der Arbeiterbewegung'. Stellt sich die Frage: Hat uns Marx heute noch etwas zu sagen?

Nun – ganz allgemein gesprochen – lehrt Marx uns die Dinge anders zu sehen, als die neoliberale Ideologie und viele Medien es uns seit Jahren weismachen. Nach der Lektüre des *Kapitals* denkt man vielleicht einmal darüber nach, wer die Arbeit *gibt* und wer sie *nimmt*; unter welchen Bedingungen gearbeitet wird; wem der technologische Fortschritt zugutekommt; wie der Reichtum der Gesellschaft erwirtschaftet und verteilt wird. Aber auch Begriffe, die immer wieder unbedacht verwendet werden wie: der Mensch als *Faktor Arbeit*, als *Humankapital*, als *flexible Ressource* werden einem nicht mehr so leicht über die Lippen kommen. Und man wird verstärkt darüber nachdenken, was es für das künftige Leben der Menschen und die natürlichen Ressourcen bedeutet, wenn die Ökonomisierung aller Bereiche unter dem Gesichtspunkt der Profitabilität weiter voranschreitet.

Es ist daher kein Wunder, dass *Das Kapital* vom heute tonangebenden neoliberalen Mainstream der Wirtschaftswissenschaften so hartnäckig ignoriert wurde wie die *Kritik der politischen Ökonomie*, wie der Untertitel des Marxschen Werkes lautet. Diese Ignoranz hat die Analysekapazität der Disziplin erheblich reduziert. Durch ihre Fixierung auf das Marktgeschehen ist es ihr kaum möglich, Krisen vorauszusagen oder zumindest nachträglich angemessen zu erklären. Auf dem Markt werden ihr zufolge doch angeblich immer nur Äquivalente getauscht. Wie kommt es dann aber, dass die Geldmenge bzw. der Gesamtwert einer Wirtschaft wächst? Diese scheinbar triviale Frage gilt es zu beantworten.

Was wurde uns nach der letzten Finanzmarktkrise an Krisendeutungen nicht alles geboten: von raffgierigen Bankern war die Rede; von korrupten Südländern; von der Überschuldung dieser Länder usw. Und was waren die Schlussfolgerungen aus all dem? Die Verfechter einer strikten Haushaltsdisziplin befürworteten drakonische Sparprogramme, um die angehäuften Schuldenberge abzubauen. Dabei hält der aufgeblähte Finanzsektor die krisengeschüttelte Realwirtschaft in Wirklichkeit am Leben. Dies tut sie mit der wichtigsten Ware, die in der Finanzsphäre produziert wird: dem Kredit. Das von wuchernden Schuldenbergen gekennzeichnete Weltwirtschaftssystem läuft auf Pump: Der Finanzsektor schafft die kreditfinanzierte Nachfrage, die es einer äußerst produktiven Realwirtschaft ermöglicht, ihre Warenberge überhaupt noch abzusetzen. Die Absurdität der Systemkrise tritt voll zutage: Die Industrie produziert immer mehr Waren mit immer weniger Arbeitskräften in immer kürzerer Zeit und kann diese nur verkaufen, weil der Finanzsektor abartig hohe Schulden macht. Nach Marx stellt *der Kredit das innerste Geheimnis des Kapitalismus dar.*

Trotz aller Sparbemühungen, die manche Zumutungen für die Gesellschaften mit sich bringen, betrugen die globalen staatlichen Schulden 2014 rund 286 Prozent der tatsächlichen Weltwirtschaftsleistung, während es 2000 – also vor der Krise - erst 246 Prozent waren. Selbst das geschundene

Griechenland, das man mit rabiaten Spardiktaten an den Rand des wirtschaftlichen Zusammenbruchs trieb, hat heute eine größere Verschuldung in Relation zum schwindsüchtigen Bruttoinlandsprodukt aufzuweisen, als vor dem Krisenausbruch. Zu all diesen Merkwürdigkeiten hat die herrschende neoliberale Wirtschaftstheorie kaum Erklärungen anzubieten. Sie versagt auch dort, wo es gilt, die Dynamik der Globalisierung, die zur wachsenden Kluft zwischen dem obszönen Reichtum Weniger und dem Elend großer Teile der Menschheit führt, zu erklären.

Mathias Greffrath, der soeben einen Sammelband zum Erscheinen des *Kapitals* herausgegeben hat, schreibt in seinem Beitrag: *Unter dem Eindruck der multiplen Krise des globalisierten Kapitalismus, denken nicht nur Marxisten über das mögliche Ende der kapitalistischen Produktionsweise nach. Die Weltwirtschaft hat sich von den Exzessen der Finanzspekulation noch nicht erholt; die Ökonomen reden von einer ‚säkularen Stagnation‘; die nächste technologische Revolution (die sog. Digitalisierung; Anm. J.F.) lässt eine gigantische neue Welle der Arbeitslosigkeit erwarten: Millionen von Menschen, die auf dem globalen Markt* nicht nachgefragt werden, machen sich auf die Wanderschaft, und die Temperatur in der Atmosphäre steigt stetig. ‚Das kapitalistische System passt nicht mehr in diese Welt' – längst sagen das daher nicht nur übrig gebliebene Linke.

Marx erhebt den Anspruch, *das ökonomische Bewegungsgesetz der modernen Gesellschaft* entdeckt zu haben. Das setzt einen weitaus komplexeren Untersuchungsansatz voraus, als ihn die Mainstream-Ökonomie aufweist. Sein Ziel ist, die Dynamik der Kapitalakkumulation zu erklären. Zu diesem Zweck muss er die Entwicklung der Produktivkräfte, der Technologie, die Veränderung der Arbeitsbedingungen, die sozialen Auseinandersetzungen um den Lohn, den Kampf um die Länge des Arbeitstages und die Intensität der Arbeit und nicht zuletzt die Konkurrenz unter den Kapitalbesitzern in Augenschein nehmen. Nicht die Gier, sondern die Konkurrenz auf dem Markt zwingt den Kapitalisten, so rationell und billig wie möglich zu produzieren, was im Umkehrschluss bedeutet, die Arbeitskräfte so optimal wie möglich auszubeuten. Darin sieht Marx den Ursprung aller latent vorhandenen oder offen ausgetragenen Klassenkonflikte und eine der Triebfedern der kapitalistischen Entwicklung.

Nach Marx ist es die Arbeit, die die Gebrauchsdinge schafft und deren Wert bestimmt sich durch die zu ihrer Produktion notwendige Arbeitszeit. Aus dieser Einsicht hat die Arbeiterbewegung lange Zeit ihre Identität und ihr Selbstbewusstsein bezogen. Bei der Arbeitskraft, die der Kapitalist auf dem Markt wie eine gewöhnliche Ware kauft, handelt es sich um eine ganz besondere Ware. Sie verfügt nämlich über die wundersame Eigenschaft, mehr Wert zu produzieren als zu ihrer Reproduktion erforderlich ist. Der Kapitalist zahlt dem Arbeiter nur den Wert, der erforderlich ist, um seine Arbeitskraft zu erhalten, sie mit den normalen Lebenshaltungskosten für Nahrung, Wohnung, Gesundheit usw. zu versorgen.

Um diesen Wertanteil zu schaffen, benötigt der Arbeiter nur einen Teil des Arbeitstages; den Rest des Tages arbeitet er für den Kapitalisten. In dieser Zeit produziert er den sog. Mehrwert, der dadurch entsteht, dass der Käufer der Arbeitskraft, also der Kapitalist, die menschliche Arbeitskraft mit

Maschinen und Rohstoffen kombiniert. Mit der fortschreitenden Entwicklung der Produktivkräfte nimmt der Anteil der in den Produktionsmitteln vergegenständlichten Arbeit gegenüber der lebendigen Arbeit stetig zu. In den Begriffen von Marx: Das konstante Kapital (Maschinen etc.) wächst, während das variable Kapital (die Arbeit) in Relation dazu abnimmt. Eine der Ursachen für den *tendenziellen Fall der Profitrate*, die Marx im 3. Band des *Kapitals* analysiert. Gleichwohl ist es die menschliche Arbeit, die den Prozess in Gang hält. Dazu heißt es im *Kapital*: *Eine Maschine, die nicht im Arbeitsprozess dient, ist nutzlos. Außerdem verfällt sie der zerstörenden Gewalt des natürlichen Stoffwechsels. Das Eisen verrostet, das Holz verfault. Die lebendige Arbeit muss diese Dinge ergreifen, sie von den Toten erwecken, sie aus nur möglichen in wirkliche und wirkende Gebrauchswerte verwandeln.*

Es stellt sich die Frage, ob man mit der auf der Werttheorie fußenden Kategorie des Mehrwerts auch gegenwärtige ökonomische Prozesse noch erklären kann. Nun: immerhin reagieren die Unternehmer auf schrumpfende Profite, immer noch in der gleichen Weise wie zu Beginn der kapitalistischen Entwicklung: durch die Verdichtung der Arbeit; Absenkung der Löhne; Verlängerung der Arbeitszeiten; Entlassungen und Schwächung der Gewerkschaften. Marx hat die gesamtgesellschaftlichen Tendenzen und Mechanismen der Kapitalakkumulation ausführlich dargestellt und kommt zu der Schlussfolgerung: *Geld* oder *Kapital* allein arbeiten nicht; sie *erwirtschaften* auch keine Rendite. Ebenso ist es mit dem *Wissen*, dem angeblich neuen *Produktionsfaktor*. Wenn Marx beim Übergang vom Handwerk zur Maschinenproduktion davon spricht, dass damit *Muskelentwicklung, Schärfe des Blicks, Virtuosität der Hand* in die Maschine wandern, so sind es heutzutage Arbeitsroutinen und der Erfahrungsschatz von Arbeitern, die in die Algorithmen der Informationstechnik fließen. Dazu heißt es bei Greffrath:

In Generationen erarbeitetes Expertenwissen wird in Software verwandelt, als ,geistiges Eigentum' patentiert und erscheint so als Eigenschaft des Kapitals. So wie zu Beginn des neuzeitlichen Kapitalismus. Und er fährt fort: *Die ungeheuren Renditen von Microsoft, Amazon, Google und Facebook entstehen ja weniger dadurch, dass sie der Welt eine neue Dimension* *hinzufügen, als dass ihre Algorithmen das bestehende System von Produktion, Zirkulation und Kommunikation rationeller, schneller und billiger machen.* ,Business at the speed of thought' – so formulierte Bill Gates den utopischen Fluchtpunkt der Kapitalverwertung: Die Produktionssoftware steigert die Produktivität, spricht den relativen Mehrwert der Arbeit. Das Internet als Logistikwerkzeug beschleunigt den Umschlag der Waren, als universale Kommunikationsmaschine horcht es Kunden aus und stupst die Bedürfnisse an. Und wenn das alte Fabriksystem einerseits die Kooperationsdichte der Gesellschaft erhöhte, andrerseits die Entfremdung der Arbeiter auf die Spitze trieb, ermöglicht das Internet einerseits die universelle Kommunikation, andererseits neue Formen der Ausbeutung.*

Es isoliert die Individuen, die vor ihren Rechnern sitzen und dabei keine Arbeitszeitbegrenzung mehr kennen. Keine Gewerkschaft kann ihnen mehr helfen: Sie sind die freien Verkäufer ihrer Arbeitskraft und dabei fast ebenso schutzlos wie die Tagelöhner von damals.

Zu allen Zeiten haben sich die sog. Eliten das von den Menschen geschaffene Mehrprodukt angeeignet; oft durch Gewalt, neuerdings über den Tausch oder durch Verträge. Im Kapitalismus nimmt das Mehrprodukt die Form des Mehrwerts an, setzt die grenzenlose Akkumulation von Kapital in Gang und lässt die Produktivkräfte explodieren. Die Arbeitszeit, die für die Produktion notwendiger Gebrauchswerte aufgewendet werden muss, schrumpft, während die Anhäufung von Kapital in den Händen weniger Reiche sich beschleunigt. Dieses Kapital sucht nach immer neuen Anlagemöglichkeiten und drängt immer häufiger in Bereiche der Grundversorgung wie Bildung, Gesundheit und Sicherheit, aber eben auch in die Finanzspekulation und in die Vermarktung der letzten Ressourcen an Rohstoffen. Der Markt wird das Problem der Ungleichheit und Armut nicht lösen; auch nicht die Zerstörung der Natur oder den globalen Klimawandel aufhalten. Ob die schwächelnde parlamentarische Demokratie zu deren Regulierung in der Lage ist – daran bestehen zunehmend Zweifel.

In einer Zeit, in der viele Menschen ahnen, dass es so wie bisher nicht weitergeht, wäre es vielleicht sinnvoll, einmal darüber nachzudenken, wie eine Gesellschaft organisiert werden könnte, in der sich *jeder nach seinen*

Fähigkeiten und Bedürfnissen einbringen könnte. Auf die Frage nach dem Subjekt einer solchen Veränderung pflegte der leider viel zu früh verstorbene französische Soziologe *Pierre Bourdieu* lapidar zu antworten: *Na ja, das sind diejenigen, die es machen.* Marx würde wohl sagen, es ist der *globale Gesamtarbeiter.*

Friedrich Engels: Ein Vordenker der Arbeiterbewegung

Friedrich Engels wurde vor 200 Jahren, im November 1820, in Barmen, einem Stadtteil von Wuppertal, als Sohn eines Unternehmers geboren. Er wollte eigentlich Schriftsteller werden, stieg nur widerwillig auf Wunsch des Vaters in dessen Firma ein und wurde später deren Teilhaber. Der Sitz des Unternehmens befand sich in Manchester, dem Zentrum der britischen Textilindustrie. Gewissermaßen aus erster Hand lernte Engels die Erscheinungsformen der kapitalistischen Produktionsweise kennen. Er wusste, wovon er sprach, wenn er den Kapitalismus kritisierte. Bereits in seiner Schrift *Die Lage der arbeitenden Klasse in England* – einem seiner erfolgreichsten Bücher – beschreibt er die Arbeits- und Lebensbedingungen der Fabrikarbeiter überaus anschaulich. Mit welcher Ernsthaftigkeit und Empathie er seine Aufgabe wahrnimmt, zeigt das folgende Zitat:

Ich habe lange genug unter euch gelebt, um einiges von euren Lebensumständen zu wissen; ich habe ihrer Kenntnis meine ernsteste Aufmerksamkeit gewidmet; ich habe die verschiede-

nen offiziellen und nichtoffiziellen Dokumente studiert, soweit ich die Möglichkeit hatte, sie mir zu beschaffen – ich habe mich damit nicht begnügt, mir war es um mehr zu tun als um die nur abstrakte Kenntnis meines Gegenstandes, ich wollte euch in euren Behausungen sehen, euch in eurem täglichen Leben beobachten, mit euch plaudern über eure Lebensbedingungen und Schmerzen, Zeuge sein eurer Kämpfe gegen die soziale und politische Macht eurer Unterdrücker.

Viele seiner Kenntnisse dürfte er auch seiner Lebensgefährtin Mary Burns verdanken, einer irischen Arbeiterin, die er später heiratete. Nach deren Tod lebte er mit deren Schwester Lydia zusammen.

Engels kann durchaus als Pionier der empirischen Sozialforschung angesehen werden. Er kritisierte die frühkapitalistischen Methoden, mit denen die menschliche Arbeitskraft im modernen Fabriksystem ausgebeutet wurde; vor allem die weit verbreitete Kinderarbeit; die Berufskrankheiten; die Sterblichkeitsraten und die elenden Wohnverhältnisse der Arbeiter. Und er lernte die Kampfformen der noch jungen Arbeiterbewegung kennen: Streiks, Meetings und gewerkschaftliche Aktivitäten.

Schon sehr früh und noch vor Marx, der sich zu der Zeit vor allem mit philosophischen Fragen auseinander setzte, befasste er sich mit Problemen der politischen Ökonomie, mit denen er auch praktisch ständig konfrontiert war.

Und er setzte sich als einer der Ersten mit den ökologischen Folgen des industriellen Kapitalismus auseinander. Er erkannte, dass die *soziale* und die *ökologische Frage* untrennbar miteinander zusammenhängen. Eine Produktionsweise auf fossiler Grundlage, so führte er aus, werde den Stoffwechsel zwischen Mensch und Natur dauerhaft zerstören. Und er wies darauf hin, dass die Ärmsten der Armen am stärksten unter der Umweltzerstörung leiden würden, da sie keine Möglichkeit hätten, sich diesen Bedingungen zu arbeiten und zu leben, zu entziehen.

Um diese Zusammenhänge besser zu verstehen, widmete Engels sich intensiven Studien der Naturwissenschaften und der technologischen Entwicklung. Der Zwang zu ständigem Wachstum und der gnadenlose Konkurrenzkampf auf dem Weltmarkt würden unweigerlich zu einem kaum noch beherrschbaren *Raubbau an der Natur* führen. Er warnte vor der Anmaßung des Menschen, die Natur *beherrschen* zu wollen.

Auch in anderer Hinsicht erwies Engels sich als origineller, fortschrittlicher Denker. In seiner Schrift *Der Ursprung der Familie, des Privateigentums und des Staats* ging er den historischen Ursprüngen des Patriarchats nach und kam zu dem Schluss, dass dieses schon lange vor dem modernen Kapitalismus entstand und mit dessen Verschwinden nicht enden würde. Für Engels war der Grad der weiblichen Emanzipation der Gradmesser der menschlichen Emanzipation überhaupt.

Als er 1869 seine unternehmerische Tätigkeit beendete, währte seine Freundschaft und Zusammenarbeit mit Marx bereits ein Vierteljahrhundert. Gemeinsam veröffentlichten sie zahlreiche Schriften und Engels sorgte dafür, dass einige Schriften von Marx überhaupt das Licht der Öffentlichkeit erblickten. So z.B. die Bände 2 und 3 des *Kapitals*. Daran arbeitete er auf der Grundlage der von Marx hinterlassenen Manuskripte ca. 9 Jahre. Jahrzehntelang unterstützte er Marx und dessen Familie auch finanziell. Ohne Engels, der sich oft als *zweite Violine* bezeichnete, hätte Marx seine umfangreichen Studien kaum absolvieren können.

Nach seinem Ausscheiden aus der Firma widmete Engels sich neben dem Studium der Philosophie, Religion und Geschichte vor allem den Sprachen. Aktiv beherrschte er zwölf Sprachen; d.h.: er konnte viele der Texte, mit denen er sich befasste, im Original lesen und übersetzen. Und natürlich mischte er sich weiterhin in die politischen Auseinandersetzungen ein. Nach dem Tode von Marx im Jahre 1883 war Engels der unumstrittene Mentor der europäischen Arbeiterbewegung. Er nahm Einfluss auf das *Erfurter Programm der SPD* von 1891 und bekämpfte jede Form von Dogmatismus und Orthodoxie. Er war der Auffassung, dass sich die Frage nach der künftigen Gestaltung von Wirtschaft und Gesellschaft nicht eindeutig wissenschaftlich beantworten lässt.

Worum es ihm ging, hat Engels in seiner Schrift *Die Entwicklung des Sozialismus von der Utopie zur Wissenschaft* ausgeführt:

Es handelt sich aber darum, die kapitalistische Produktionsweise einerseits in ihrem geschichtlichen Zusammenhang und ihrer Notwendigkeit für einen bestimmten geschichtlichen Zeitabschnitt, also auch die Notwendigkeit ihres Untergangs, darzustellen, andererseits aber auch ihren inneren Charakter bloßzulegen, der noch immer verborgen war. Dies geschah durch die Enthüllung des Mehrwerts. Es wurde bewiesen, dass die Aneignung unbezahlter Arbeit die Grundform der kapitalistischen Produktionsweise und der durch sie vollzogenen Ausbeutung des Arbeiters ist.

Engels war aufgrund seiner streng historisch verfahrenden Betrachtungsweise der Ansicht, dass jeder Schritt über den Kapitalismus hinaus auf unbekanntes Terrain führt. In einem Interview im Jahre 1893 sagte er:

Wir haben kein Endziel, wir sind Evolutionisten. Und 1895 schrieb er: *Heute sind Revolutionen als Kommandounternehmen kleiner Avantgarden nicht mehr möglich. Heute geht es darum, dass die große Masse selbst begriffen hat, worum es geht und worauf sie sich einlassen will.*

Für das, was spätere Generationen aus dem Erbe von Marx und Engels gemacht haben, können beide nicht verantwortlich gemacht werden. Beide waren keine Ideologen. Sie

selbst haben sich stets geweigert, Aussagen
über die Gestaltung einer künftigen Gesellschaft zu machen. Stattdessen wiesen sie
darauf hin, dass gesellschaftliche Veränderungen einer materiellen Grundlage bedür-
fen, deren Voraussetzungen bereits in der
Gesellschaft entwickelt sein müssen. Lernen kann man von ihnen auch heute noch,
was eine historisch und interdisziplinär an-
gelegte Kapitalismuskritik zu leisten imstande ist.

Mackie Messer – Der Dreigroschenfilm (2018)

Der Debütfilm des Regisseurs und Drehbuchautors Joachim A. Lang stellt in mehrfacher Hinsicht ein Experiment dar. Lang verknüpft Elemente der *Dreigroschenoper* mit der Geschichte des fehlgeschlagenen Versuchs, den Stoff nach den Vorstellungen Brechts zu verfilmen. Lang inszeniert den Film so, wie Brecht ihn sich in etwa gedacht hat, wenn er ihn hätte realisieren dürfen und nicht am Widerstand des Produzenten gescheitert wäre.

Lang ist ein ausgewiesener Brechtkenner: er promovierte über das *Epische Theater* Brechts und brachte mehrere seiner Stücke heraus. Ein Anliegen des Films ist es, das vom Kalten Krieg geprägte *Brecht-Bild,* das teilweise noch immer durch die Medien geistert, mit den Ergebnissen der neuesten Brecht-Forschung zu konfrontieren. Brecht wurde noch nach seinem Tod 1956 vom damaligen Bundesaußenminister *Heinrich von Brentano* (CDU) mit dem Nazi-Barden *Horst Wessel* verglichen. Auch der spätere Bundeskanzler *Kiesinger* verunglimpfte Brecht und bezeichnete ihn als *eine Schande für die Stadt Augsburg.* Natürlich ohne seine eigene Mitgliedschaft in der NSDAP zu erwähnen. Noch in den 60er Jahren wurde öffentlich zum *Boykott* von Brecht-Stücken aufgerufen. Allerdings vergeblich. Brecht wurde weltweit und zunehmend auch in Deutschland gespielt: sowohl im Osten als auch im Westen. Sein *Berliner Ensemble* erlangte Weltruhm.

Für Lang ist Brecht alles andere als ein unbelehrbarer, sturer Ideologe, für den alles klar und berechenbar war. Im Gegenteil: Brecht ist für ihn ein gesellschaftskritischer, durchaus provokanter Autor, der das Theater seiner Zeit revolutioniert hat. Brecht ging es um die Erweiterung der Möglichkeiten des Theaters, indem er mit den herkömmlichen Konventionen brach. Er bevorzugte die offene Form, *das Experiment* und wollte vor allem *mit den Sehgewohnheiten des Publikums brechen.*

Aus dem umfangreichen Material der *Dreigroschenoper,* der Schrift über den *Dreigroschenprozess,* dem *Dreigroschenroman* und einem von Brecht verfassten *Filmexposé,* entwickelt Lang ein Filmszenario, indem er *Fiktion* und *Realität* miteinander verbindet.

Er unternimmt den interessanten, aber auch riskanten Versuch, den Dreigroschenfilm so zu inszenieren, wie er Brecht vorgeschwebt haben mag. Das Ergebnis ist ein hochkomplexer, anspruchsvoller, künstlerisch gelungener Film, der erstaunlich frisch und aktuell daher kommt. Nicht zuletzt dank hervorragender Schaupieler/-innen. U.a.: *Lars Eidinger* als Brecht; *Tobias Moretti* als Mackie Messer und Gangsterboss Macheath; *Joachim Król* als Peachum, dem Chef der Bettlermafia; *Hannah Herzsprung* als dessen Tochter Polly; *Max Raabe* als Moritatensänger.

Die 1928 uraufgeführte Dreigroschenoper, zu der Kurt Weil die Musik schrieb, wurde zum erfolgreichsten Theaterstück der 1920er Jahre. Brecht zögerte eine zeitlang, seinen Welterfolg filmisch umzusetzen. Er hielt den Stoff der Oper nur bedingt für filmtauglich. Obwohl Kinoliebhaber, misstraute er der Filmindustrie. *Die Filmindustrie ist zu doof und muss erst bankrott gehen*, meinte er. Wie recht er mit seiner Einschätzung hatte, zeigte sich bald darauf. Brecht erhielt das Angebot des Filmproduzenten *Seymour Nebenzahl*, die Oper zu verfilmen. Dem Produzenten schwebte vor, den Film mit bekannten Schauspielern optisch attraktiv – *wie ein Märchen* - zu inszenieren. Er wollte den Zuschauern das bieten, was sie gewohnt sind: eine leicht verdauliche Unterhaltung. Da die Handlung und vor allem die Songs der Oper populär waren, erhoffte er sich so den größtmöglichen Profit.

Brecht hielt dagegen: einen derartigen Film nannte er *Schund* und eine Anbiederung an den *verblödeten Zuschauergeschmack*. Er möchte keine gefällige Wiedergabe des Opernstoffs, sondern den Blick hinter die Kulissen. Er will *die Vorgänge hinter den Vorgängen zeigen,* als Gesellschaftskritik. Denn gegenüber 1928 haben sich entscheidende Dinge geändert: Die Weltwirtschaftskrise von 1929 hatte zu einer Massenarbeitslosigkeit geführt. Davon soll berichtet werden. Und dass dafür ein rücksichtsloser Kapitalismus verantwortlich ist, der die Existenzgrundlage vieler Menschen vernichtet. Und er will die Ideologie des aufkommenden Faschismus entlarven und die Brutalität der SA darstellen. Kurzum: Brecht will eine Kunst, die die *Sicht auf die Wirklichkeit freigibt.* Seine Vorstellungen verfolgt er kompromisslos.

Unweigerlich muss es zum Bruch mit dem Filmproduzenten kommen. Dieser fürchtet nicht nur die Zensur, sondern vor allem die enormen Produktionskosten. Brecht sucht die öffentliche Auseinandersetzung. Er verklagt die Produktionsfirma und kämpft im sog. *Dreigroschenprozess* um seine künstlerische Freiheit. Den Prozess nennt er ein *soziologisches Experiment*. Die Vertreter der Filmindustrie, Richter, Anwälte und die Presse sollen zu Mitwirkenden eines Lehrstücks werden. Obwohl Brecht sich über den Ausgang des Prozesses keine Illusionen macht, ist er der Meinung: *Es setzt sich nur so viel Wahrheit durch, wie wir durchsetzen.* Seine Schrift über den Dreigroschenprozess beschreibt nicht nur den Prozessverlauf, sondern Brecht entwickelt hier auch seine künstlerischen Vorstellungen vom Dreigroschenfilm, wie er ihm vorschwebt – im Gegensatz zum Produkt der Filmindustrie.

Zum Zeitpunkt des Prozesses hatte die Filmfirma bereits 800.000 Mark in den Film investiert. Somit standen sich gegenüber: Ein Künstler, der um die Gestaltung seines Werkes und die Gültigkeit des mit ihm abgeschlossenen Vertrages kämpft, und ein

Vertreter der Filmindustrie, dem es nicht um die Kunst geht, sondern der endlich Gewinn aus seinem eingesetzten Kapital erzielen möchte. Brecht äußerte sich zu der Frage, welche Intention er mit dem Prozess verfolgt:

Der Prozeß hatte das Ziel, die Unmöglichkeit einer Zusammenarbeit mit dem Industriefilm selbst bei vertraglichen Sicherungen öffentlich darzutun. Dieses Ziel ist erreicht worden – es war erreicht, als ich meinen Prozeß verloren hatte. Der Prozeß zeigte, deutlich für jeden Sehenden, die Mängel des Industriefilms u n d der Rechtsprechung.

Brecht sah keine Möglichkeit mehr, das Herauskommen des Films zu verhindern. Selbst ein für ihn günstiges Urteil in weiteren Instanzen hätte dies nicht verhindern können. Der Film wäre längst in den Kinos gelaufen, wenn der Prozess beendet gewesen wäre. Im übrigen wäre dazu, wie Brecht betonte, *nicht Rechthaben, sondern Geldhaben nötig gewesen.*

Ab 1930 wurden die Aufführungen seiner Dreigroschenoper zunehmend von *SA-Schlägertrupps* gewaltsam gesprengt. Spätestens aber mit dem *Machtantritt Hitlers* und dem kurz darauf folgenden *Reichstagsbrand* sah sich Brecht gezwungen, ins Exil zu gehen. Hier schrieb er 1934 den *Dreigroschenroman*. In diesem modifiziert er den Stoff der *Dreigroschenoper* um die Analyse der gesellschaftlichen Verhältnisse, die zum Faschismus geführt haben.

Brecht zieht in seinem Roman mehrere Epochen der kapitalistischen Entwicklung zusammen: seine Figuren haben das Aussehen, als kämen sie aus der Zeit des beginnenden Kapitalismus: sie wirken mitunter etwas altmodisch in ihren schlecht gelüfteten Quartieren. Und dennoch: Mögen auch die Umstände, innerhalb derer die Akteure sich bewegen, eine gewisse Rückständigkeit aufweisen – in deutlichem Kontrast dazu stehen die Methoden, die sie bei der Durchführung ihrer Geschäfte anwenden: diese sind durch und durch modern.

Als der Lernfähigste unter allen erweist sich Macheath: Er entwickelt sich vom Verbrecherkönig *Mackie Messer* zum Großkaufmann, wobei es ihm gelingt, die dunklen Seiten seiner Biografie vergessen zu machen. Seine vielfältigen Erfahrungen in den unterschiedlichsten sozialen Milieus helfen ihm dabei, sich in jedem neuen Aktionsfeld zurechtzufinden. Er beherrscht den Slang der Einbrecher ebenso wie er lernt, sich der Verhaltensweisen von Bankiers und Geschäftsleuten zu bedienen. An Skrupellosigkeit ist er ihnen ohnehin überlegen. Wenn er mit ihnen verhandelt, hat er fast immer einen Trumpf mehr im Ärmel.

Macheath ist vorsichtig und misstrauisch; seine gesellschaftliche Stellung erlaubt es ihm nicht, auch nur einen Fehler zu machen. Er beherrscht ein ganzes Repertoire an Verhaltensweisen; auch darin ist er seinen Gegenspielern überlegen. Er kann charmant und unverbindlich plaudern, wenn es gilt, den Bankiers den biederen Familienmenschen vorzuführen. Und er kann kalt und brutal sein, wenn seine Geschäftspartner (meist zu spät) bemerken, dass sie ihm wieder einmal in die Falle gegangen sind. Er verkehrt wöchentlich im Bordell, wo er sich auskennt; aber er lernt auch, wie man den Fisch isst, wenn man bei hochherrschaftlichen Leuten zu Tisch gebeten wird. Vor allem aber verfügt er über eine Tugend, die ihn zu einer Ausnahmeerscheinung macht. Er ist eine geborene Führernatur: er ist rücksichtslos in der Verfolgung seine egoistischen geschäftlichen Interessen; vermag diese aber hinter der Fassade des Biedermanns und guten Menschen zu verstecken, so dass ihm keiner so leicht auf die Schliche kommt oder ihm gar das Wasser reichen kann. Brecht gelingt es mit den Mitteln der Satire, diese Diskrepanz von geschäftlichen Praktiken und bürgerlicher Ideologie zum Vorschein zu bringen. In einer Rede vor Geschäftsleuten lässt er Macheath sagen:

Meiner Meinung nach, es ist die Meinung eines ernsthaft arbeitenden Geschäftsmannes, haben wir nicht die richtigen Leute an der Spitze des Staates. Sie gehören alle irgendwelchen Parteien an, und Parteien sind selbstsüchtig. Ihr Standpunkt ist einseitig. Wir brauchen Männer, die über den Parteien stehen, so wie wir Geschäftsleute. Wir verkaufen unsere Ware an Arm und Reich. Wir verkaufen Jedem ohne Ansehen der Person einen Zentner Kartoffeln, installieren ihm eine Lichtleitung, streichen ihm sein Haus an. Die Leitung des Staates ist eine moralische Aufgabe. Es muß erreicht werden, daß die Unternehmer gute Unternehmer, die Angestellten gute Angestellte, kurz: die Reichen gute Reiche und die Armen gute Arme sind. Ich bin überzeugt, daß die Zeit einer solchen Staatsführung kommen wird. Sie wird mich zu ihren Anhängern zählen.

Es sind Reden wie diese, die Macheath als das ausweisen, was der Kleinbürger eine Persönlichkeit nennt. Dieser sehnt sich nach klaren Verhältnissen. Die Opfer und Verlierer der Krise wollen vom Streit und Zwist der Politiker nichts mehr hören, die alles versprechen und nichts bewirken. So, wie Macheath redet, denken viele. Macheath verkörpert den Typus des modernen, weltgewandten Geschäftsmanns, der sich jeder Situation anzupassen versteht. Im *Dreigroschenfilm* gelingt es *Tobias Moretti* hervorragend, alle Facetten dieser Persönlichkeit darzustellen: schlitzohrig; anbiedernd; kraftvoll; raumfüllend; lebendig.

Demgegenüber stellt Peachum, der Bettlerkönig, gespielt von *Joachim Król*, noch den Geschäftsmann alten Typs dar. *Seine Habgier versteckt er hinter Familiensinn, seine Impotenz hinter Askese, seine Erpressertätigkeit hinter Armenpflege. Am liebsten verschwindet er in seinem Kontor.*
Stets behält er den Hut auf, weil es kein Dach gibt, unter dem er sich sicher fühlt. Peachum versteht sein Geschäft, das Ge-

schäft mit dem Elend. Er hat es studiert, in all seiner Vielschichtigkeit:

Verhältnismäßig bald erkannte er, daß das elende Aussehen, welches von der Natur hervorgebracht wurde, weit weniger wirkte, als ein durch einige Kunstgriffe berichtigtes Aussehen. Jene Leute, die nur einen Arm hatten, besaßen nicht immer auch die Gabe, unglücklich zu wirken. Andererseits fehlte den Begabteren oft der Stumpf. Hier mußte man eingreifen. Es wurden Grundtypen des menschlichen Elends ausgebildet: Opfer des Fortschritts, Opfer der Kriegskunst, Opfer des industriellen Aufschwungs. Sie lernten die Herzen zu rühren, zur Nachdenklichkeit anzuregen, lästig zu fallen.

Peachum erweist sich als Kenner der Materie. Stets ist er darauf aus, die Methoden des Bettelns zu verfeinern. Er entwickelt sich zur ersten Autorität auf dem Gebiet des Elends, auch weil er ständig über die gesellschaftlichen und psychologischen Voraussetzungen des Bettelgeschäfts nachsinnt:

Es ist mir auch klar, warum die Leute die Gebrechen der Bettler nicht schärfer nachprüfen, bevor sie geben. Sie sind ja überzeugt, daß da Wunden sind, wo sie hingeschlagen haben! Sollen keine Ruinierten weggehen, wo sie hinge-

schlagen haben? Wenn sie für ihre Familien sorgten, sollten da nicht Familien unter die Brückenbögen geraten sein? Alle sind von vornherein überzeugt, daß angesichts ihrer eigenen Lebensweise überall tödlich Verwundete und unsäglich Hilfsbedürftige herumkriechen müssen. Wozu sich die Mühe machen zu prüfen. Für die paar Pence, die man zu geben bereit ist!

Brecht hat für seinen Roman eine satirische Form der Darstellung gewählt. Dadurch gelingt es ihm, die Diskrepanz von kapitalistischer Ideologie und Wirklichkeit umso wirksamer hervorzuheben. Er zeigt, wie die kapitalistische Wirtschaftsform, die alle Bereiche der Gesellschaft ihrem Diktum der Profitmaximierung unterwirft, durch ständigen Formwandel überlebt. Während sie die natürlichen und gesellschaftlichen Grundlagen menschlicher Existenz zerstört, produziert sie gleichzeitig immer neue Mythen und Ideologien, die die Ursachen dieses Zerstörungswerkes verbrämen.

Sich mit Brecht immer wieder zu beschäftigen, kann einem auch die Augen für gegenwärtige Entwicklungen öffnen. Das hat der *Dreigroschenfilm* von Joachim A. Lang, dessen Vorarbeiten zum Film 10 Jahre in Anspruch nahmen, noch einmal eindringlich vor Augen geführt. Vor allem ist es ihm gelungen, zu zeigen, dass Brecht kein *Ideologe* war, sondern ein *Dialektiker* allererster Güte, dem es darum ging, über die gesellschaftlichen Verhältnisse aufzuklären. Das zeigen auch die vielen *Originalzitate* aus den Werken Brechts, die *Lars Eidinger* provokant, listig und überaus einprägsam vermittelt. Da wirken einigen Aussagen wie in Stein gemeißelt. *Ich möchte eine Kunst machen, die die tiefsten Dinge berührt. Wie kann Kunst die Menschen bewegen, wenn sie nicht vom Schicksal der Menschen bewegt wird.*

Der Brecht, den *Lars Eidinger* verkörpert, ist überaus aktuell. Dazu äußert sich *Lars Eidinger* in einem Interview wie folgt:

Brecht hat die Entwicklung damals ja vorausgeahnt. Trotzdem hatte er keinen Einfluss auf den Verlauf der Geschichte, obwohl er an sehr prominenter Stelle agierte und man denken könnte, dass er das Potenzial gehabt hätte, die Gesellschaft zu verändern. Er hatte es durchschaut und musste es dennoch durchleben. Heute sehen wir uns angesichts des aufkommenden Nationalismus mit ähnlichen Problemen konfrontiert.

Das frustriert mich als Kunstschaffender. So sehr man auch versucht, die Dinge zu durchdringen und zu reflektieren, scheint man an gewissen gesellschaftlichen Entwicklungen nichts ändern zu können, weil ihnen immanente, nicht zu überwindende Konflikte der Menschen zugrunde liegen. Das Interessante an Brecht ist, dass er selbst das erkannt hat und gerade darin die Schönheit des Menschen beschrieb. Sein Motto lautete: ‚Die Widersprüche sind unsere Hoffnung.' Diese Widersprüche machen den Menschen erst aus. Brecht ist trotz seiner Erfahrungen nicht zum Zyniker geworden.

Der Film schließt mit dem Gedicht *An die Nachgeborenen*, vorgetragen von Brecht selbst. Da heißt es u.a.:

Wirklich, ich lebe in finsteren Zeiten!
Das arglose Wort ist töricht. Eine glatte Stirn
Deutet auf Unempfindlichkeit hin. Der Lachende
Hat die furchtbare Nachricht
Nur noch nicht empfangen.

Was sind das für Zeiten, wo
Ein Gespräch über Bäume fast ein
Verbrechen ist
Weil es ein Schweigen über so viele Untaten
einschließt!
......

Ihr aber, wenn es so weit sein wird
Daß der Mensch dem Menschen ein Helfer ist
Gedenkt unserer
Mit Nachsicht.

Über Jean Paul

Lese die Biographie *Jean Pauls* von *Günter de Bruyn*. Das Buch ist mehr als eine Biographie. De Bruyn gelingt es, die Lebensgeschichte Jean Pauls in die gesellschaftlichen und geistesgeschichtlichen Entwicklungen zu integrieren. Vor diesem Hintergrund interpretiert er das Werk. Bedrückend einmal mehr: die elenden materiellen Verhältnisse, unter denen Jean Paul lebte und arbeitete. Nur mit eisernem Willen gelingt es ihm, sich zu behaupten; ja man kann sagen, zu überleben. Dass er kein Einzelfall ist, versteht sich von selbst: Fast alle bedeutenden Männer der Zeit – außer Goethe natürlich – teilen ein ähnliches Schicksal: *Herder; Hamann; Winckelmann; Kant; Fichte; Hegel; Schleiermacher; Hölderlin; Basedow; Campe; Lenz; Karl Philipp Moritz u.v.m.* Die Liste ließe sich weiter fortsetzen, bis hin zu *Arno Schmidt.*

Jean Paul entwickelt bereits früh eine Distanz zu seiner Umgebung. Er ist von überragender Intelligenz und bezieht von daher sein Selbstbewusstsein. Nichts befürchtet er mehr, als sich anzupassen und so zu werden, wie die meisten in seinem Umkreis.

Diese Befürchtung ist grundlos. Zur Anpassung ist er unfähig. Das wird umfunktioniert in Stolz. Von Kindheit an ist die Erfahrung da, dass er anders ist als andere, dass er tiefer fühlt, schärfer denkt, mehr gelesen hat, intensiver an sich arbeitet.
Und schon früh weiß er, was er will: er will Bücher schreiben; Schriftsteller werden.

Der Weg dahin ist mehr als steinig. Immer wieder gibt es Rückschläge. Das hat auch mit seinem Stil zu tun. Jemand, der so viel weiß wie er und der so ehrgeizig ist, neigt dazu, alles auf einmal sagen zu wollen. Als 59Jähriger schreibt er über seine Anfangszeit:

In solch weit und noch weiter hergeholten Metaphern springt der junge Autor von einem Gedanken zum nächsten. Ein buntfarbiges Stufenkabinett von lauter Gleichnissen, freilich von mehr Glimmer als Schimmer. Nicht nur von einem Periodenpunkt zum anderen, auf ein Redeblumengebüsch von Gleichnis, und zwischen jedem Komma hat der Leser Geblümtes und Blühendes zu überwinden.

Es ist der Stil eines jungen Autodidakten, der zeigen will, was er kann; der stolz darauf ist, in jedem Satz Witz und Gelehrsamkeit beweisen zu können. Im Wesentlichen ist das sein Stil geblieben: ein Assoziationsgetümmel voller großartiger Bilder und Ausschmückungen.

In seiner Abhandlung *Über die natürliche Magie der Einbildungskraft* unterscheidet Jean Paul die Begriffe *Gedächtnis, Erinnerung und Phantasie:*

Gedächtnis ist nur eine eingeschränktere Phantasie. Erinnerung ist nicht die bloße Wahrnehmung der Identität zweier Bilder, sondern sie ist die Wahrnehmung der Verschiedenheit des räumlichen und zeitlichen Verhältnisses gleicher Bilder. Folglich breitet sich die Erinnerung über die Verhältnisse der Zeit und des Orts und also über Reih und Folge aus; aber bloßes Ein- und Vorbilden stellt einen Gegenstand nur abgerissen dar.
Die fünf Sinne heben mir außerhalb, die Phantasie innerhalb meines Kopfes einen Blumengarten vor die Seele; jene gestalten und malen, diese tut es auch; jene drücken die Natur mit fünf verschiedenen Platten ab, diese als sensorium commune liefert sie alle mit einer.

Es gibt nur Wenige, die das Besondere, ja Geniale an Jean Paul erkannt haben. Einer von ihnen ist *Karl Philipp Moritz* – ein Bruder im Geiste, könnte man sagen. An diesen schickt er ein Romanfragment.

Moritz hält das für Irreführung, vermutet eine Berühmtheit, die sein Urteilsvermögen durch fremde Handschrift auf die Probe stellen will. Und Moritz, ein Freund und Bewunderer *Goethes*, urteilt: *Das begreife ich nicht, das ist noch über Goethe, das ist ganz was Neues.* Er liest – obwohl schwer krank – das Manuskript in zwei Tagen durch und schreibt an Jean Paul: *Und wenn Sie am Ende der Welt wären, und müsst ich hundert Stürme aushalten, um zu Ihnen zu kommen, so flieg' ich in Ihre Arme! Wo wohnen Sie? Wer sind Sie? – Ihr Werk ist ein Juwel; es haftet mir, bis sein Urheber sich mir näher offenbart!*

Der Frankfurter Germanist *Wuthenow* beschreibt die stilistischen Eigenarten Jean Pauls in seinem Aufsatz *Das schreibende Ich* wie folgt:

Jean Paul verstellt den Zugang in die Gartenlandschaft seiner idyllischen oder abenteuerlichen Erzählungen durch ein Gewirr von Fassa-

den, Bollwerken, sich weiter verzweigenden Heckengängen und klug berechneten Seitenpfaden, die als reine Spielerei oder pedantische Willkür erscheinen und auf die auch der Urheber nicht vermeidet mit Befriedigung und leichtem Spott immer wieder hinzuweisen. An jedem Nebenweg zieht er den Leser, ironisch erklärend, beiseite ins Vertrauen, bis dieser schließlich begreift, dass die umständlichen Zugänge bereits der Garten selber sind, in dem er, sich ergehend, Vergnügen und Unterhaltung finden wollte. Nur ein paar größere Blumenbeete, Laubengänge und wundervolle Fernsichten bleiben ihm zurück.

Und etwas später heißt es:

Kommentar und Abschweifung überwuchern die Erzählung selbst. Das ist eine Tatsache, und immer neu wird sie, tadelnd oder doch bedauernd, angeführt. Dass aber eben Kommentar und Arabeske die Erzählung selber sind, der erzählte Stoff hingegen nur ein Anlass dazu, gleichsam das Gerüst, das machen sich nur die wenigen Leser klar, die dieser wunderliche Dichter noch besitzt.

Zwei Meister der Erzählkunst:
Peter Kurzeck und Marcel Proust

Gelegentlich wurde die Erzählweise *Peter Kurzecks* mit der von *Marcel Proust* verglichen; z.b. in einigen Feuilleton-Beiträgen, in denen Kurzeck als *hessischer Proust* tituliert wurde. Die Antworten auf die Frage bleiben meist mehr oder weniger im Ungefähren stecken. Um die Frage zu beantworten, sollte man zunächst einmal klären, wovon die Rede ist.

Peter Kurzeck ist dafür bekannt, dass er Vergangenes minutiös und detailgenau aus dem Gedächtnis rekonstruiert. In immer neuen Schleifen lässt er eine untergegangene Kindheitswelt wieder auferstehen. Das hat etwas Nostalgisches, ja Rückwärtsgewandtes, weil die Vergangenheit bis zu einem gewissen Grad geradezu verklärt wird; sie erscheint als heile Welt gegenüber einer ins Unübersichtliche, Entfremdete abgleitende Gegenwart, deren Zukunft man sich gar nicht ausmalen mag.

Peter Kurzeck ist ein *Gedächtniskünstler*; was er an Einzelheiten aus seinem Erlebten hervorzaubert, ist schier unfassbar. Die Art, wie er es darstellt, erscheint oft unstrukturiert und wenig verdichtet; es kann so oder auch ganz anders erzählt werden, je nachdem, welche Schleife er gerade dreht. Auch ein gewisser Hang zum Redundanten findet sich bei ihm. Einiges wird immer wieder in der gleichen Weise nacherzählt, wobei lediglich die Kontexte sich verändern; das geschilderte Detail bleibt unverändert. Und noch ein Charakteristikum seines Erzählstils: Kurzeck ruft sich die Vergangenheit immer wieder bewusst ins Gedächtnis zurück, um sich darüber klar zu werden, was da verloren gegangen ist; und er weiß, dass es so, wie es früher war, nie mehr werden wird. Gerade deshalb will er es benennen und auf diese Weise vor dem Vergessen bewahren.

Marcel Proust erinnert sich auf ganz andere Weise; man hat seine Art der Erinnerung eine *unwillkürliche Erinnerung* genannt. Wenn er sich z.b. angesichts der Haltung eines kleinen Fingers beim Teetrinken an ein Ereignis erinnert, so hat er diese Erinnerung nicht bewusst herbeigeführt. Im Gegenteil; diese löst ganz ungewollt eine Kette von Assoziationen aus, durch die er sich z.T. sehr komplexe soziale Beziehungen, Gefühlslagen usw. wieder in Erinnerung ruft. Damit kommt ein Prozeß von Erinnerungsarbeit in Gang, der sich immer weiter fortspinnt und eine vergangene Situation, ja eine ganze Lebenswelt erschließt. Proust *sucht* nach geheimen Bedeutungen und Sinnzusammenhängen; daher ja auch der Titel seines vielbändigen Romans: er ist buchstäblich auf der *Suche nach der verlorenen Zeit;* d.h.: er kann die Ereignisse nicht einfach aus dem Gedächtnis abrufen. Seine Suche hat etwas Mysteriöses, Unheimliches, Angestrengtes, da er nicht weiß, was sie zutage fördert. Es kann Schmerzliches, Leidvolles, Unangenehmes sein; aber eben auch Erfreuliches; der Ausgang seines Suchprozesses ist offen. Ein Beispiel:

Wenn ich mitten in der Nacht erwachte, wusste ich nicht, wo ich mich befand, ja im ersten Augenblick nicht einmal, wer ich war: ich hatte nur in primitivster Form das bloße Seinsgefühl, das ein Tier im Innern verspüren mag: ich war hilfloser ausgesetzt als ein Höhlenmensch; dann aber kam mir die Erinnerung – noch nicht an den Ort, an dem ich mich befand, aber an einige andere Stätten, die ich bewohnt hatte und an denen ich hätte sein können – gleichsam von

*oben her zu Hilfe, um mich aus dem Nichts zu
ziehen, aus dem ich mir selbst nicht hätte her-
aushelfen können; in einer Sekunde durchlief ich
Jahrhunderte der Zivilisation, und aus vagen
Bildern von Petroleumlampen und Hemden mit
offenen Kragen setzte sich allmählich mein Ich
in seinen originalen Zügen wieder von neuem
zusammen…Wenn ich jedenfalls in dieser Weise erwachte und mein Geist geschäftig und er-
folglos zu ermitteln versuchte, wo ich war,
kreiste in der Finsternis alles um mich her, die
Dinge, die Länder, die Jahre…*

Nur mühsam gelingt es Proust, sich zu erinnern, wo er sich befindet; erst allmählich
gelingt es ihm, sich seine Lage sich bewusst
zu machen.

*Sein Gedächtnis, das Gedächtnis seiner Seiten,
seiner Knie und Schultern bot ihm nacheinan-
der eine Reihe von Zimmern, in denen er schon
geschlafen hatte, an, während rings um ihn die
unsichtbaren Wände im Dunkel kreisten…Und
bevor mein Denken, das an der Schwelle der
Zeiten und Formen zögerte, die Wohnung
durch ein Vergleichen der Umstände eindeutig
festgestellt hatte, erinnerte er – mein Körper –
sich von einem jeden an die Art des Bettes, die
Lage der Türen, die Fensteröffnungen, das Vor-*

handenseins eines Flurs, gleichzeitig mit dem Gedanken, den ich beim Einschlummern gehabt hatte und beim Erwachen wiederfand.

Wenn Beckett davon spricht, Proust habe ein schlechtes Gedächtnis gehabt, zielt er auf die Unterscheidung von *Gedächtnis und Erinnerung.* Das Gedächtnis ruft Details ab, die sich unmittelbar reproduzieren lassen; dazu bedarf es keiner besonderen Anstrengung. Man kann sie geradezu wortgleich immer wieder schildern; das Ganze hat etwas Routiniertes, beliebig Wiederholbares.

Erinnerungen dagegen stellen sich immer dann ein, wenn ein Sachverhalt etwas Unabgeschlossenes, noch nicht bewusst Verarbeitetes enthält, das erst noch bewältigt werden muss.

Diese verworren durcheinanderwirbelnden Erinnerungsbilder hielten jeweils nur ein paar Sekunden an; oft gelang es mir in meiner kurzen Unsicherheit über den Ort, an dem ich mich befand, so wenig, die verschiedenen Momente des Ablaufs, aus denen sie bestanden, voneinander zu unterscheiden wie die sich ablösenden Stellungen eines laufenden Pferdes, die das Kinetoskop uns zeigt.

Der hier geschilderte Erinnerungsvorgang ist das Gegenteil des nahezu automatischen Abrufens von Ereignissen, die sich dem Gedächtnis unmittelbar erschließen.

Bei Proust spürt man die Mühe, die es ihn kostet, sich zu orientieren.

Aber wenn ich jetzt auch noch so gut wusste, dass ich mich nicht in den Behausungen befand, von denen mir die Unwissenheit des Erwachens einen Augenblick lang wenn auch nicht ein deutliches Bild vor Augen gestellt, so doch glaubhaft gemacht hatte, dass sie vielleicht um mich gegenwärtig wären, so hatte doch meine Erinnerung einen Anstoß erhalten.

Erst allmählich gelingt es ihm, die disparaten Erinnerungsfetzen in eine verständige Ordnung zu bringen; und dieser Prozeß ist es, der dann jene schier unendliche Assoziationskette in Gang setzt, die für Prousts *Suche nach der verlorenen Zeit* so typisch ist.

Von Prousts Art und Weise, sich zu erinnern, unterscheidet sich Kurzecks *Gedächtnisprosa* sehr deutlich. Er scheint sich der Ereignisse aus seiner Vergangenheit nahe-

zu in jeder Situation präzise erinnern zu
können. Auch dazu ein Beispiel aus seinem
Roman *Vorabend*:

*Weil ich in dieser Konditorei jedes Mal eine
Weile sitzen muß und sehen, welche Gedanken
mir dort kommen und welche schon auf mich
gewartet haben. Eine Konditorei wie im Jahr
1958. Plüschmöbel und Wandlämpchen und auf
den Tischen Spitzendeckchen unter Glas und
auch die Trockenblumengestecke von damals.
Genau solche Blumenvasen und Spitzendecken
hat damals jedes Kind seiner lieben Mutter jedes
Jahr wieder zum Muttertag geschenkt. Und
jetzt sind die Kinder groß und längst aus dem
Haus. Und die Mütter meistenteils Witwen.
Eine gute Rente. Und jeden Tag Obst-, Creme-
und Sahnetorten zum Trost. Kaffee Hag, heiße
Schokolade mit Sahne oder ein Glas Tee oder
Pfefferminztee und ab und zu einen Scharlach-
berg, ein Likörchen. Wie kleine Silberglöckchen
klingeln die Teelöffel und Tortengabeln auf dem
Porzellan. Manchmal muß ich auch allein hin,
damit ich mir beim Denken besser zuhören
kann, damit ich mir alles noch besser merke.*

Kurzecks nahezu fotographisches Gedächtnis setzt ihn instand, das Milieu eines Cafés
aus den späten 50er Jahren so plastisch zu

schildern, das man es sich so genau vorstellen kann, als wäre man dabei gewesen. Das gilt insbesondere auch für die Art, in der Kurzeck Eindrücke aus seiner Kindheit schildert: virtuos und detailgenau:

Als Kind in Staufenberg mit sieben-acht-neun mir immer alle Flüchtlingskalender in der Flüchtlingsnachbarschaft ausgeliehen. Keine Wandkalender, sondern Jahrbücher mit Bildern, Geschichten, Brauchtum, Erinnerungen und man merkt sich als Kind jedes Wort… Das Buch vor mir auf dem Tisch. Schon anfangen mich auf das Buch zu freuen. Auf das Buch und den Heimweg. Und dass es noch nicht so spät ist. Noch Nachmittag. Den Heimweg einstweilen schon vor mir herdenken. Das Buch mit. Über die Brücke. Der Fluß rauscht. Und dann ist man auf dem Inselchen. Die Lollarer Mühleninsel. Niedrige alte Häuser auf beiden Seiten. Eingesunken und schief. Jedes anders schief. Kleine Fenster. Und nach hundert Schritten kommt einem schon das zweite Brückchen entgegen. Dann die Kirche. Grau und alt und verwittert. Ein Schieferdach. Das Türmchen so klein wie ein Taubenschlag. Direkt in der Kurve die Kirche. Als ob sie hier steht und sich nicht über die Straße traut. Genau wie die alten Frauen, die in der Kirchstraße wohnen. Ein halbes

Menschenalter schon Witwen. Hat da noch das Kirchenglöckchen gebimmelt? Die Straße wird eng und macht einen Bogen. Direkt an der Hauptstraße die schmalen Häuser und so dicht beieinander, dass kaum noch Platz für den Himmel bleibt.

Kurzeck fächert seine Erinnerungen gewissermaßen auf und erzählt sie, als würde man sich auf einem Spaziergang durch die Straßen seiner Kindheit befinden. Dabei entsteht ein ganz bestimmter Rhythmus, den man besonders dann wahrnimmt, wenn man Kurzeck einmal erzählen hat hören. Wie er in einem ruhigen, gleichförmigen Erzählton die Abfolge der Wahrnehmungen gleichsam mitschwingen lässt; dass ist höchst eindrucksvoll; insbesondere, wenn man sich klar macht, dass Kurzeck seine Texte oft nicht abliest, sondern frei erzählt. Damit hat er nicht nur ein neues literarisches Genre geschaffen; diese Art des rhythmischen Erzählens überträgt sich auch aufs Lesen seiner Texte. Auf diese Weise entsteht große Erzählkunst.

Gleichwohl gibt es eine qualitative Differenz zwischen den Stilformen Prousts und Kurzecks: Prousts Texte sind wesentlich

kunstvoller und poetischer gestaltet und
weisen einen hohen Verdichtungsgrad auf.
Dagegen wirken die Texte Kurzecks
schlichter; sie kommen meist in der Alltags-
sprache daher – halt so, wie man erzählt,
wenn man noch erzählen kann.
Auch auf die Unterschiede hinsichtlich der
Erinnerungsmodi muss hingewiesen werden: bei Proust handelt es sich um eine
Form der Erinnerungsarbeit, die einsetzt,
sobald Proust zufällig an vergangene Ereignisse erinnert wird. Sie werden gewissermaßen an ihn herangetragen, so als
würden sie sich ihm auch gegen seinen Willen aufdrängen.
Dagegen ruft sich Kurzeck die Eindrücke
aus seiner Kindheit ganz bewusst ins Gedächtnis zurück, und da er sich an nahezu
alle Einzelheiten erinnert, kann er sie
scheinbar mühelos und in ganz unterschiedlichen Kontexten jederzeit rekonstru-
ieren.

Resümierend lässt sich feststellen: Proust ist
der Suchende auf den Spuren einer Vergangenheit, die er sich mühevoll verge-
genwärtigen muss, wodurch er sich in
überaus komplexe Assoziationsketten ver-
strickt, die immer neue Erinnerungen in

ihm auslösen. Bei Kurzeck gewinnt man den Eindruck, dass ihm die Welt seiner Kindheit ständig präsent ist; sie ist ihm so nah, als lebte er noch in ihr und würde sich wünschen, sie wäre nie vergangen.

Dass beide – Proust und Kurzeck – große Erzähler sind, soll nur der Vollständigkeit halber erwähnt werden; nur unterscheiden sie sich eben auch und das ist gut so.

Albert Camus: Die Pest

Verschiedene Medien berichten, dass der Roman *Die Pest* von *Albert Camus* angesichts des Ausbruchs des Corona-Virus eine erstaunliche Renaissance erfährt.

Der Roman handelt davon, dass in der algerischen Hafenstadt Oman eine Seuche ausgebrochen ist. Der Arzt Dr. Bernard Rieux erkennt als Erster die Gefahr und kann gegen anfangs erheblichen Widerstand durchsetzen, dass Quarantänemaßnahmen ergriffen werden. Seither herrscht in der Stadt der Ausnahmezustand. Oran wird zum Mikrokosmos einer geschlossenen Gesellschaft und zeigt, wie die Menschen auf die tödliche Bedrohung reagieren. Viele ignorieren die Gefahr und gehen nach wie vor ihren Gewohnheiten nach. Andere – wie der Pater Paneloux – sehen in der Seuche eine übernatürliche Macht am Werk und wieder andere versuchen, aus der Krise Profit zu schlagen. Angesichts der unübersichtlichen Lage versuchen die Stadt-Oberen, die Lage in den Griff zu bekommen. *Man kam auf die Idee, innerhalb der Stadt bestimmte besonders stark betroffene Viertel zu isolieren und nur den Menschen, deren*

Dienste unentbehrlich waren, zu erlauben, sie zu verlassen. Die Pestkranken werden ghettoisiert und die ganze Stadt wird von der Außenwelt abgeriegelt.

Es soll hier nicht darum gehen, den Inhalt des Romans zu deuten. Nur so viel: Camus schrieb den Roman 1946 vor dem Hintergrund der Erfahrungen des Weltkrieges und der deutschen Besatzung. In seinem Tagebuch schreibt er, dass er sein Buch darüber hinaus gehend verstanden wissen wollte:

Ich will mit der Pest das Ersticken ausdrücken, an dem wir alle gelitten haben, und die Atmosphäre der Bedrohung und des Verbanntseins, in der wir gelebt haben. Ich will zugleich diese Deutung auf das Dasein überhaupt ausdehnen. Die Pest wird das Bild jener Menschen wiedergeben, denen in diesem Krieg das Nachdenken zufiel, das Schweigen – und auch das seelische Leiden.

Camus gelingt es – indem er das Konkrete präzise schildert – auf das Allgemeine der menschlichen Existenz zu verweisen: es ist die *Erfahrung des Absurden.* Die Seuche greift wahllos um sich; sie geht jeden an;

jeder kann sich anstecken. Sie folgt keiner Logik; sie rafft Kinder ebenso hinweg wie Alte, Schwache, Arme und Reiche. Sie ist nicht begreifbar, sondern in gewisser Weise völlig absurd.

Die Botschaft des Romans könnte lauten: Objektiv ist die Welt sinnlos. Mit Sinn können nur wir selbst sie füllen. Niemand hat uns gefragt, ob wir überhaupt leben wollen. Angesichts von Tod, Elend und Verderben bleibt uns nur, die kurze Zeit unserer Existenz zu einer sinnvollen zu machen. Für Camus bedeutet das: Solidarität, Freundschaft und Liebe müssen das Ziel menschlichen Zusammenlebens sein. Kämpfen gegen all die Übel – ob erfolgreich oder nicht – ist immer geboten. An einer Stelle des Buches heißt es: *Die Menschen bleiben sich immer gleich.* Aber seinem Protagonisten Dr. Rieux legt er am Ende des Romans in den Mund: *Ich weiß, was man in Plagen lernt, nämlich dass es an den Menschen mehr zu bewundern als zu verachten gibt.*

Wollen wir es hoffen.

Normen und Werte

Gerade angesichts der aktuellen *Krisen* ist viel von *westlichen Werten* die Rede, von der *westlichen Wertegemeinschaft*, die es weltweit zu verteidigen und zu verbreiten gilt. Im Gefühl der moralischen Überlegenheit wird z.B. die Ost-Erweiterung der NATO als *Wertetransfer* legitimiert. Was hat es mit den vielbeschworenen *westlichen Werten* eigentlich auf sich?

Der Sozialphilosoph *Herbert Schnädelbach* hat sich dazu wie folgt geäußert:

Zunächst sind Werte von den Normen abzugrenzen. Das wird oft unterlassen, und man behauptet dann, wir seien eine Wertegemeinschaft, aber das stimmt nicht. Unser Grundgesetz ist eine normative Ordnung, und bei Normen geht es um das, was geboten, erlaubt oder verboten ist; das aber ist bei Werten nicht der Fall. Werte sind dasjenige, das wir schätzen. Sie schreiben uns nichts vor. Deshalb ist es nicht ungefährlich, unsere freie Gesellschaft als Wertegemeinschaft zu verstehen. Werte sind immer umstritten, Bewertungen immer die Sache von Einzelnen oder Gruppen.

Rechtsordnungen, wie unser GG, lassen solche Beliebigkeiten nicht zu. Gegenüber diesem Normensystem sind wir zu Gehorsam verpflichtet, während Werte sich mit den Lebensbedingungen auch verändern. Normen haben mithin einen anderen Verpflichtungsgrad. Das gilt beispielsweise für die *Würde des Menschen. Der Staat ist der Menschenwürde verpflichtet; es gibt hier keine Abstufungen oder Einschränkungen.*

Alles zu tun, damit das *Menschenrecht auf Leben* geschützt wird, das wäre in der Tat eine lohnende Aufgabe einer *Friedens- und Entspannungspolitik,* die diesen Namen verdient. Aber dazu bedürfte es konkreter Schritte zur Bewältigung der *Klimakrise,* der *Abrüstung* und *Entspannung,* statt allgemeiner *Absichtserklärungen.* Ein erster Schritt wäre, jegliche *aggressive Rhetorik* zu unterlassen.

Angaben zum Autor

Joke Frerichs; Jahrgang 1945; Dr. rer. pol.; Studium der Philosophie, Soziologie, Politikwissenschaft und Germanistik. Veröffentlichungen u.a.: „Zugänge. Wie man aufwächst, so denkt man" (2005); „Begegnungen" (2007); „Selbstgespräche. Gedichte und Poeme" (2010); „Opas Welt. Erinnerungen an meinen Opa und meine Kindheit in Emden" (2011); „Die Mission", Roman (2011); „Einfach mal drauflos fahren – Episoden vom Reisen" (2013, 2. Aufl. 2014); „Gespräch mit einem langen Schatten", Roman (2013); „Das Leuchten der Stille". Ausgewählte Gedichte (2014); „Das Haus des Dichters", Roman (2016); „Inside out. Die Welt lässt sich nicht umarmen", Journal der Jahre 2005-2015; „Die Schatten werden länger", Journal 2016; „Kontinuitäten und Brüche. Versuch einer Selbstbeschreibung" (2017); „Gegenblende", Journal 2017; „Flugsand", Journal 2018; „Intervalle", Journal 2019; „Farewell", Journal 2020; „Zeit der unverhofften Bilder", Roman (2020); „Zimmerschied. Eine Oase im Grünen" (2021, 2. Aufl. 2022); „Gelebte Alltagskultur. Episo-

den aus dem Basil's" (2021); „Weiterma-
chen", Journal 2021; „Besuch beim Philosophen" (2022); „Hieronymus im Gehäuse.
Der Dichter, sein Haus und sein Radio"
(2022); „Schattenleben" (2022); „Fallobst"
(2022).

Zusammen mit Klaus Frerichs: „Einer
schreibt, einer malt. Zwei Brüder aus dem
Emder Arbeitermilieu finden ihren Weg"
(2017).

Zusammen mit Petra Frerichs: „Lesespuren.
Notizen zur Literatur" (2011); „Leben
braucht keine Begründung. Zum literarischen Werk von Dieter Wellershoff" (2012);
„Literarische Entdeckungen. Vergessene
und neu gelesene Texte" (2012, 2. Aufl.
2018); „Leben und Schreiben – was sonst?
Ein Streifzug durch die Werkausgabe von
Dieter Wellershoff" (2014); „Das Mysterium
der Suche" (2014); „Dieter Wellershoff. Eine
Begegnung der besonderen Art" (2019).

Beide schreiben für den *Blog der Republik*.

Weitere Informationen unter:
www.joke-frerichs.de